그래도,
교육이
희망이다

그래도,
교육이
희망이다

2021년 8월 25일 제1판 제1쇄 발행

글   전종호
펴낸이   강봉구

펴낸곳   북만손출판사
등록번호   제406-2018-000391호
주소   10892 경기도 파주시 와석순환로 307, 1107동 101호
전화   070-4261-5926
팩스   0505-499-8560

홈페이지   http://www.bookmanson.co.kr
이메일   bookmanson@naver.com

© 전종호

ISBN 979-11-90535-06-9   03810
값은 뒤표지에 있습니다.

| 이 땅의 선생님들께 드리는 위로의 편지 |

그래도,
교육이
희망이다

전종호 글

북한손

어른들은 왜 키를 재지 않을까?

아이들의 성장에 관심이 없는 어른은 없습니다. 아이들도 자신들의 성장에 관심이 많습니다. 따라서 아이들이나 부모들은 아이들이 어렸을 때 수시로 키를 쟀습니다. 집집마다 아이들의 키를 재고 눈금을 표시하는 벽보가 있었습니다. 아이를 키워본 사람이라면 누구든지 아이들 키가 조금씩 자라고 표시하는 눈금이 조금씩 높아질 때마다 박수치며 기뻐하던 기억이 있습니다. 할아버지 할머니들은 자기 아이들의 키를 재던 그 벽보에 이제는 손자 손녀의 키를 표시하며 조금씩 자랄 때마다 옛날에 그리했던 것처럼 즐거워하고 있습니다.

그런데 아이들이 어느 정도 자라면 집에서 더 이상 아이들의 키를 재지 않습니다. 더구나 집에서 어른들이 키를 재는 일은 없습니다. 큰아이들과 어른들은 왜 키를 재지 않을까요? 혹시 아이들은 성장하는 존재이고 어른들은 성장이 멈춘 존재라는 인식의 가정이 깔려 있지는 않나요? 아니면 살면서 성장의 기쁨을 잊고 사는 건 아닐까요? 정말 어른들은 성장하지 않는 존재일까요? 교사들이 자신과 아이의 성장에 무관심해도 될까요?

기독교 교육학자 하워드 헨드릭스는 '만일 오늘 성장이 멈춘다

면, 내일 가르침은 멈춘다.'고 했습니다. 교사는 성장하지 않고는 완성된 존재가 될 수 없다는 뜻입니다. 그는 교사의 인격과 교육 방법보다도 교사의 성장이 더 중요한 교사의 원리라고 말하고 있습니다. 이 말은 교사는 가르치기 전에 먼저 배우는 사람, 학생 중의 한 명이라는 철학을 내포하고 있습니다. 나는 영원히 배우는 사람이고 지금도 배우고 있으며, 다시 배우는 사람이 됨으로써 교사인 나는 철저하게 새로운 눈으로 교육과정을 바라보게 된다는 뜻입니다. 하워드는 신학자답게 예수를 교사의 모델로 생각하면서 예수의 성장에 비견하여 교사의 성장 항목을 제시합니다. "예수는 지혜와 키가 자라가며 하나님과 사람에게 더욱 사랑스러워 가시더라"는 누가복음 2장 52절에 기초하여 교사는 지적 영역(지혜), 신체적 영역(키), 영적 영역(하나님), 사회적 영역(사람)의 성장을 해야 한다고 주장하고 있는데, 일반 교육에서도 참으로 시사하는 바가 큽니다.

먼저 교사는 지적 성장에 신경을 써야 합니다. 지적 성장을 위해서 가장 좋은 방법은 책을 읽는 것입니다. 두보의 글에 '수독오거서 須讀五車書'라는 말도 있지만, 많이 읽는 것보다 책을 꼭꼭 씹어 읽는 것이 더 중요합니다. 읽고 씹으며 생각하는 독서법을 익히는 것이 좋습니다. 글자만 읽지 말고 등장인물을 통해서 말하는 지은이의 마음을 읽고 살피는 것이 중요합니다. 한꺼번에 많은 지식을 얻고, 고정관념에서 깨어나 각성하기 위해서는 토론을 활용하는 것도 좋은 방법입니다. 토론 없이 좋아하는 책만 읽으면 자기 프레임에 갇혀 확증편향에 빠질 염려가 있습니다. 둘째, 신체적 성장과 성숙입니다. 누구나 신경을 쓰지만 아무나 얻지 못하는 것이 건강입니다. 별도의 경비와 시간을 쓰지 않고, 일상생활에서 할 수 있는 훌륭한 운동법이 걷기입니다. 걷기는 운동뿐 아니라 철학이기도 합니다. 걷기 시작하면 머리가 따라 움직입니다. 사색이 시작되는 것입니다. 아리스토텔레스학파를 왜 소요학파라 하는지, 장자의 사유를 왜 소요유逍遙遊라 하는지 깨닫게 될 것입니다. 랭보의 시와 니체의 철학은 길 위에서 시작되었고 길 위에서 완성되었습니다. 교사는 성장의 범위를 영적, 사회적으로 확대해야 합니다. 종교를 가졌다면 신에게 기도하는 것을 습관화하고, 종교가 없는 사람이라면 시간을 정해서 명상을 하는 것이 좋습니다. 자신의 내면에서 조용한 마음을, 분주하게 움직이는 마음을, 분노하는 마음의 움직임을 가만히 들여다 볼[觀] 수 있어야 합니다. 기도하거나 명상할 때 자신의 면모가 날 것 그대로 드러나게 되는 법입니다. 교사는 학교 밖의 일에도 관심을 가져야 합니다. 노동조합이나 교사 단체에 가입해서 교육개선활동에 직접 참여할 필요가 있습니다. 적어도 한 개 이상의 시민단체에 가입하십시오. 정 할 수 없다면 시민단체를 정해 회비라도 보내고 그 단체의 활동 상황을 모니터링하세요. 우리 사회의 한 모퉁이가 밝아질 것입니다.

성장하는 사람이라야 교사가 될 수 있습니다. 어렸을 때 아이들이 눈 뜨면 밤사이에 얼마나 자랐을까 궁금해하며 키 재는 곳으로 달려가듯이, 어른들 특히 교사들은 자주 자신의 키를 재보아야 합니다. 신체적 키가 아니라 자신의 사람됨 전체의 크기를 재보아야 합니다. 자기 경험에만 의지하고 자기만족에 빠지면 성장이 멈추게 됩니다. 성장은 나이와 관계가 없습니다. 교사에게 절정이라는 게 있을까요? 있다면 몇 세가 절정인가요? 교사가 계속해서 성장하는 존재라고 한다면, 정년퇴직하는 무렵의 교사가 교육자의 절정이어야 하지 않을까요?

성장하기 위해서는 자기 틀을 깨야 합니다. 그러기 위해서 나는 사물과 사람과 현상을 어떤 틀로 보고 있는가, 자신의 프레임을 점검해야 합니다. 프레임에 따라서 젊음과 늙음, 여성과 남성, 내국인과 외국인 등의 현실은 문제가 되기도 하고 기회가 되기도 합니다. 똑같은 과제라도 '접근 프레임'을 가지고 있는 사람에게는 기회가 되지만, '회피 프레임'을 가지고 있으면 위험 요소가 됩니다. 남은 임기가 짧아서 아무것도 할 수 없다고 생각하면 아무것도 할 수 없고, 시간이 얼마 남지 않았기 때문에 지금 시작하지 않으면 안 된다는 생각으로 하면 더 빨리 일을 진행시킬 수도 있습니다. 혼자 하기 벅찬 일도 동료와 함께하면 훨씬 수월해집니다. 훌륭한 사람 옆에 있으면 우리도 점차 훌륭해집니다. 심리학에서 '단순노출효과'라고 부르는 현상으로, 탁월한 동료 옆에서 함께 배움으로, 또 나의 작은 행동이 동료 교사들에게 좋은 영향을 끼침으로 서로 스며드는 순환의 상호작용을 만들어 갑니다. 동료들과 함께 만드는 성장의 학교문화를 통하여 교사는 날마다 조금씩 성장하며 거인이 되어 갑니다. 처음부터 거인인 사람은 없습니다. 키를 재는 교사, 성장에 관심이 많은 내 옆자리의 동료가 나를 키우는 스승이요, 내가 동료의 스승입니다. 선생님이 바로 우리 교육의 희망입니다.

차례

가을, 경의선 북쪽 방향으로 길을 잡고

겨울, 희망을 노래하다

봄, 꽃은 열매를 바라고

여름, 하늘은 시작도 끝도 없다

가을, 경의선 북쪽 방향으로 길을 잡고

"사는 게 오르막만 있는 게 아니지
오르막 내리막 걷다 보면 높은 산이 되고
큰 나무는 험한 산에서 사는 법
내려가는 길은 더욱 조심하시게
투박하지만 부드러운 허리
길손에게 맡기고
그렇게 서서 가을을 맞고 싶었다"
<참나무처럼>

큰 뜻

익숙한 길을 버리고 새로운 길로 출근합니다. 제가 타던 경의선은 으레 남쪽을 향했는데 이제 북쪽으로 방향을 잡습니다. '큰 뜻'을 펼치라는 지인들의 축하와 지지를 받으며, 교장에게 '큰 뜻'이란 무엇일까 여러 날 숙고했습니다. 근대 관료제 학교에서는 교장의 계몽과 앞선 뜻이 중요했겠습니다만, 교육을 생태계로 은유하는 오늘날에는 교육의 안팎이 따로 없고, 참여자 모두가 교육의 주체이기 때문에 교사의 자발적 의지와 실천을 지원하는 것이야말로 교장이 품어야 할 가장 중요한 대의가 아닐까 생각했습니다.

"교장은 적어도 활달하게 마음을 터놓을 수 있고 인정 있고 친절한 사람이어야 하며 아이들에게는 흡사 아버지와 같아야 한다. 자유롭게 마음 놓고 말할 수 있게 하고 그들의 마음속 깊이 파묻힌 이해심을 북돋아 줄 수 있어야 한다."는 교사들의 스승 페스탈로찌의 교장론을 성찰하며 노력하겠습니다.

부임하며 드렸던 인사 말씀을 지키도록 노력하겠습니다. 저를 따뜻하게 맞이해주신 선생님들께 출처진퇴出處進退를 성찰했던 옛

선비들의 마음을 새기며 부끄러운 마음 다시 한번 표현해 봅니다.

　　오늘도/ 기찻길을 따라 학교에 갑니다// 기차는 예정을 따라 달리고/ 나는 시간에 매여 걷는 길// 기차는 도시의 소음을 뚫고 멀리/ 양평 물소리길을 찾아갈 것이고/ 원덕역 흑천 근방 어딘가에서/ 힘든 하루를 부릴테지만// 나는 임진강 접경의 강가에서/ 아이들의 출렁이는 미래/ 빛나는 물결을 만날 것이냐// 파도치는 그 마음속 물결은/ 언제쯤 분단의 강을 건너/ 저 평화의 물소리를 들을까// 흘러 어디서 누구를 만나/ 하나의 바다 위대한 포효를 들을까/ 경의선을 따라 꿈꾸며 걷습니다//
　　- 전종호,「경의선」

안과 밖

안에서 밖을 보는 것과 밖에서 안을 보는 것이 다릅니다. 시각이 달라지면 보이는 물체와 현상이 다른 의미로 다가옵니다. 안과 밖을 나누는 경계 때문이지요. 전례 없는 코로나 바이러스로 인하여 사람들은 점점 안과 밖을 나누는 벽을 튼튼히 세우고 있습니다. '우리'와 '저들'을 구별하고 '우리'의 안전을 위해 '저들'을 잠재적인 위험으로 간주합니다. '저들'은 가끔은 외국인이기도 하고, 싫어하는 다른 종교인이기도 하고 그냥 불특정 다수의 이웃이기도 합니다. 혹자는 이를 가리켜 현대판 부족사회라고 말하고 있습니다. '우리'라는 부족끼리의 구분 속에 차별과 혐오가 싹트고 증오가 깊어지는데 이러한 문제들의 해결은 결국 학교로 넘어와 교육의 몫이 됩니다. 때로는 우리도 학교의 안팎을 구분하면서 학생 교육에 대한 문제를 학교와 가정과 사회에서 할 일을 각각 나누기도 하고, 밖에서는 우리를 '저들'로 구별하여 학교의 무능과 실패를 지적하기도 하는데. 중요한 것은 학생들의 학습은 학교 안팎을 따지지 않고 일어나기 때문에 우리도, 학부모도 학교의 경계를 넘나들며 교육을 해야 한다는 것입니다. 이른바 '학습생태계'에 대한 고민이 교사에게 요구됩니다. 교사가 삼투滲透의 역할을 해야 한다는 것이지요.

지금까지는 학교 행정이 경계를 쌓는 일을 많이 했습니다. 우리

주변에 둘러싸인 벽을 넘어서 '학생의 곁'으로 가는 노력이 좀 더 필요합니다.

코로나가 우리에게 깨우쳐준 진리는 세상은 연결되어 있고 순환된다는 사실, 세상의 것들을 안과 밖으로 나눌 수 없다는 것, 종이기주의에서 벗어나 순환의 고리 안의 모든 생명체가 상생의 방법을 모색하는 것만이 인류가 살 길이다, 라는 것입니다.

영화 한 편 소개합니다. 시간이 있는 분은 주말에 〈천국의 속삭임〉을 한 번 보세요. 자연스러운 배움의 모습과, 학교의 안과 밖, 행정의 벽을 넘어 아이에게 다가서는 아름다운 선생님을 만나게 될 것입니다.

한 주간도 고생이 많으셨습니다. 다다음 주에는 학교에서 아이들을 만날 수 있기를 소망합니다.

나의 갈라테이아

조각가인 피그말리온 왕은 여인상을 조각했습니다. 갈라테이아 Galatea라 이름 지은 이 여인은 세상 누구보다도 더 아름다웠습니다. 피그말리온은 진심으로 갈라테이아를 사랑했습니다. 사랑에 감동한 여신 아프로디테는 갈라테이아에게 생명을 불어넣어 줍니다. 간절히 원하고 기대하면 원하는 바를 이룰 수 있다는, 교사라면 누구나 아는 그리스 신화입니다. 하버드대 심리학과 교수 로버트 로젠탈 교수는 이 '피그말리온 효과'가 사실일까 궁금했습니다.

샌프란시스코의 한 초등학교에서 20%의 학생들을 무작위로 뽑아 명단을 선생님들에게 주면서 지능지수가 높은 학생들이라고 말했습니다. 8개월 후에 조사해 보니 명단의 학생들이 다른 학생들보다 평균 점수가 높았습니다. 교사의 격려가 큰 힘이 되었기 때문입니다. 칭찬의 긍정적 효과를 설명하는 로젠탈 효과Rosenthal Effect입니다. 플라시보 효과라든지 자성예언이라든지 비슷한 심리학 용어가 많습니다.

장황한 이야기의 의도는 간단합니다. 우리 학교에는 어려운 아이들이 많습니다. 본교는 작은 학교임에도 불구하고 교육비 지원 대상자가 80명이나 됩니다. 다른 아이들도 이와 별반 다를 것 없는 아이들의 사정을 선생님이 더 잘 아실 겁니다. 빈곤은 그 자체도 문제지만 부모와의 애착 관계를 맺는 것을 어렵게 합니다. 교육사회학에서는 부모의 사회경제적 지위SES가 학생의 학업성취도의 결정 변수라고 말합니다. 학교에서 일하는 우리와 이 아이들과 맺는 인간적 관계가 결국은 아이들의 삶에 중요한 변수가 될 것입니다.

학교에 와서 우리 아이들 수준에 대한 이야기를 많이 들었습니다. 현실 인식은 중요하고 정확해야 합니다만, 아이들에 대한 우리의 기대가 아이들에게는 포부 수준이 될 것입니다. 아이들을 긍정적으로 바라보고 긍정적으로 말해 주는 데 게을러서는 안 될 것입니다. "기죽지 말고 살아봐/ 꽃 피워봐/ 참 좋아" 나태주 선생님의 「풀꽃 3」이 3층 중앙홀에 걸려 있습니다. 며느리가 잘못되고 홀로 남은 손자에게 중얼거리는 시인의 혼잣말이라는 걸 아는 사람은 많지 않습니다만, 우리 아이들을 보고 예쁘다 예쁘다 하면 예뻐질 것이고, 착하다 착하다 하면 착해질 것입니다.

선생님에 대한 기대가 큽니다. 학생들과 선생님들이 나의 갈라테이아가 될 것입니다. 선생님의 기대에 부응하여 저도 선생님의 갈라테이아가 되겠습니다.

지난주 소망했던 것처럼 다음 주에는 학교에서 아이들을 만날 수 있게 되었습니다. 한 주간 고생하셨습니다. 선생님, 다음 주에도 아름다운 시간을 기대합니다.

이판사판

이판사판이란 말이 있습니다. 어쩔 수 없는 일의 파국적인 상황이나 그 파국 속에서 사생결단으로 돌파하겠다는 의지를 표현할 때쓰는 말입니다. 여러 가지 설이 있습니다만, 원래 불교의 승려들끼리 치고받고 싸우다 생긴 말이라고 합니다. 진리에 정진하는 수도승이판(理判)이 있고, 절 살림을 맡아서 하는 행정승사판(事判)이 있는데, 절 운영의 주도권을 두고 스님들끼리 싸우다 이판사판이 되었다는 얘기입니다. 이 비유를 학교에 대입하면 학교의 이판은 교사이고 사판은 학교관리자와 행정실이라고 할 수 있는데, 우리나라학교도 이판사판의 모습을 자주 보이고 있습니다. 학교는 행정기관이 아니라 모름지기 교육기관으로서 가르치고 배우는 것이 본질이며 그 중심에는 교사가 있어야 합니다. 소신과 철학이 있는 교사들을 중심으로 사판인 행정이 지원하는 형태로 나아가야 합니다. 그래서 독일은 학교협의회에서 교장을 선출하고 선출된 교장은 교사의 대표head teacher 역할을 합니다. 미국은 교장과 교사와 장학사의 길을 아예 다른 트랙으로 두고 있습니다.

우리 교육의 문제점은 학교 교장으로부터 기인하는 경우가 많습니다. 학교교육을 잘못 이해해서 행정을 교육 앞에 두거나, 하지 말아야 하거나 안 해도 되는 일을 열심히 하고, 거꾸로 반드시 해야 할 일을 무시하거나 해서 발생하는 경우입니다. 혁신학교는 이런 문제를 바로 잡고 교육의 본질을 회복하고자 하는 학교입니다. 교사의 '평화롭고 행복한 학습의 마음'이 아이들에게 전파되는 학교입니다. 저는 날마다 우리 선생님들의 환한 웃음과 긍정적인 언사들로 은혜를 받습니다. 이번 주말에도 식구들과 둘러앉아 소박한 사랑과 평화를 나누시길 빕니다. 시, 영화 한 편 소개합니다.

김치찌개 하나 둘러앉아/ 저녁 식사를 하는 식구들의 모습 속에는/ 하루의 피곤과 침침한 불빛을 넘어서는/ 어떤 보이지 않는 힘 같은 것이 들어 있다/ 실한 비계 한 점 아들의 숟가락에 올려 주며/ 야근 준비는 다 되었니 어머니가 묻고/ 아버지가 고추잎을 닮은 딸아이에게/ 오늘 학교에서 뭘 배웠지 그렇게 얘기할 때/ 이 따뜻하고 푹신한 서정의 힘 앞에서/ 어둠은 우리들의 마음과 함께 흔들린다/ 이 소박한 한국의 저녁 시간이 우리는 좋다/ 거기에는 부패와 좌절과/ 거짓 화해와 광란하는 십자가와/ 덥석물이를 당한 이웃의 신음이 없다 / 38선도 DMZ도 사령관도 친일파도/ 염병헐, 시래기 한 가닥만 못한/ 이데올로기의 끝없는 포성도 없다/ 식탁 위에 시든 김치 고추무릅 동치미 대접 하나/ 식구들은 눈과 가슴으로 오래 이야기하고/ 그러한 밤 십자가에 매달린/ 한 유대 사내의 웃는 얼굴이 점점 커지면서/ 끝내는 식구들의 웃는 얼굴과 겹쳐졌다
   - 곽재구,「김치찌개 평화론」

영화 : 지상의 별처럼

나의 이상형, 나의 선생님

선유리 아이들에게 우리 선생님들은 어떤 존재일까 잠시 생각해 봅니다. 아마도 우리 선생님은 우리 아이들이 지금까지 살아오며 만나는 최고의 지성인이요, 최고의 미인이며, 최고의 신사가 아닐까 생각합니다. 아이들의 가족과 주변에서, 이 마을에서 우리 선생님 같은 존재는 없지 않을까 감히 생각해 봅니다. 따라서 아이들에게는 알게 모르게 선생님을 흘끔거리며 쳐다보고, 선생님을 흠모하고 동경하며, 마음속으로 닮고자 하는 이상형figure head으로 동일시 대상이 아닐까 생각합니다. 그래서 저는 선생님이 더 예쁘고 더 멋진 패션으로, 더 우아한 언어와 제스처로, 고매한 인품과 깊이 있는 지성의 모습을 교실에서, 만나는 일상에서 아이들에게 더 많이, 더 자주 드러내 주시면 좋겠습니다. 우리의 말과 행동과 웃음과 태도가 아이들의 교육과정입니다.

나 자신과, 아이들에 대한 너그러운 태도는 시간과 정신적 여유에서 시작되는 것은 아닐까요? 잠깐의 여유와 멈춤, 소소한 것에 대한 응시, 따뜻한 시각과 애정 그리고 행동. 한때 우리는 깃발을 따라다녔습니다. 단체의 깃발, 이념의 깃발, 패키지 여행사의 깃발. 이제 우리는 깃발이 아니라, 개인 각자 자기 색깔의 스카프를 매고 아이들을 만나는 것이 필요하지 않을까 생각해 봅니다. 시간이 더 지나면, 나이가 더 들면, 경제가 나아지면 여유가 생길 것 같았는데, 나이 들고서야 꼭 그런 것은 아니라는 걸 깨닫습니다.

선생님, 추석 연휴 긴 시간 충분히 휴식하시고, 사랑하는 가족과 함께 충분한 여유를 즐기시기를 빕니다. 해피 앤 메리 추석!

무슨 인생이 그러한가/ 근심이 가득 차/ 잠시 서서 주위를 둘러볼 시간이 없다면,/ 나뭇가지 아래/ 순수한 소와 양의 눈길로/ 차분히 풍경을 바라볼 시간이 없다면,/ 은밀하게 수풀 속에 도토리를 숨기는/ 작은 다람쥐들을 바라볼 시간이 없다면,/ 대낮인데도 마치 밤하늘처럼/ 반짝이는 별들을 가득 품은 시냇물을 바라볼 시간이 없다면,/ 아름다운 여인의 다정한 눈길에 고개를 돌려,/ 춤추는 그 고운 발을 바라볼 시간이 없다면,/ 눈가에서 시작된 그녀의 환한 미소/입가로 번질 때까지 기다릴 시간조차 없다면,/ 얼마나 가여운 인생인가/ 근심으로 가득 차/ 잠시 멈춰 주위를 둘러볼 시간조차 없다면

- 윌리엄 헨리 데이비스, 「여유」

연휴에 영화 한 편 : 보이후드(한 아이의 성장기 영화로 동일 인물들을 12년 동안 매년 15분씩 찍은 영화. 아이도 아이지만, 싱글맘으로 아이를 키우는 어머니의 생애 변천사가 개인적으로 더 인상적이었음)

사고와 사건

살면서 이런 일 저런 일이 있습니다. 내가 행하는 일도 있고 당하는 일도 있습니다. 행하는 일에 비해 당하는 일은 좋지 않을 확률이 높습니다. 일어나서는 안 되는 별로 좋지 않은 일을 사고라고 하고, 사고를 통해 배울만한 일을 사건이라고 합니다. 어떤 일을 사고로 인식하는가, 사건으로 인식하는가 하는 것은 삶에서 우리 행동을 가르는 중요한 태도입니다. 세월호를 사고로 인식하는 사람은 일회적인 불행한 일로 생각합니다만, 사건으로 인식하는 사람은 세월호 사건이 일어난 배경과 사고와 구조의 국가적 책무와 예방대책을 생각하며 교훈을 얻으려 합니다.

코로나 바이러스도 마찬가지입니다. 사고로 생각하는 사람은 코로나 이전으로 돌아갈 생각만 합니다. 사건으로 받아들이는 사람은 코로나 발생의 생태적 원인과 삶의 전환을 숙고합니다. 우리는 열 체크 등 방역에 힘써야 하지만, 코로나 위기를 생태학적 위기와 삶의 태도 전환의 필요성과 관련시켜 아이들을 가르쳐야 합니다. 심지어 이번 생은 망했다고 다음 생을 기약하는 아이들이 있습니다. 삶을 사고로 생각하는 아이들입니다. 힘들어도 자신의 탄생을 우주에 일어난 이해할 수 없는 신비한 사건으로 인식하게 해주는 일이 가르치는 자로서 우리의 소명이 아닐까요?

지난주부터 내내 우리 아이들을 생각했습니다. 선유리라는 이름
은 천국의 냄새가 나는데 우리 아이들의 삶은 참 녹록지 않습니다.
우리가 해결할 수 없는 빈곤의 문제가 던져주는 인지적 정서적 문
제를 다루고 아우르는 일은 저와 우리들의 몫입니다. 혼자서는 해
결할 수 없는 일, 머리를 맞대고 함께 해법을 찾아가면 좋겠습니다.

　엄마는 항상 바쁘다/ 하루종일 집에 없다/ 무슨 일을 하는지 몰
라도/ 아침에 나가면 밤에 돌아온다/ 집안일은 몰아서 한다/ 밥도
빨래도 청소도 밀려서 한다/ 어떤 날은 밤에도 돌아오지 않는다/
어둠과 침묵에 혼자서 밥을 말아 먹는/ 엄마가 없는 밤에는/ 마른
개가 나를 지키고/ 불탄 인천 라면 형제 뉴스를 본다/ 별을 쫓아낸
하늘에/ 어둠이 달을 파먹고 있다/ 공부는 잘하고 있냐고 가끔씩
묻지만/ 엄마가 숙제를 도와주지는 않는다/ 엄마는 언제나 혼자서
바쁘고/ 오늘도 파인 달이 홀로 떠 있다//
　- 전종호, 「선유리 아이들」

또 한 주일 고생이 많으셨습니다.
주말에 영화 한 편 : 디태치먼트(디태치먼트 상태에서는 교육을
할 수 없습니다.)

뽀르뚜가

『나의 라임오렌지 나무』는 누구나 한 번쯤 읽어 본 책입니다. 집에서 아이들과 함께 읽으신 분이 많으실 것입니다. 사실 이 책은 『어린 왕자』처럼 어른을 위한 동화입니다. 제 아이들이 어렸을 때저도 여러 번 아이들과 함께 읽었습니다만, 주인공 제제는 짱구처럼 부모의 말을 듣지 않기 위해 태어난 아이처럼 기억에 남아 있습니다. 이번에 『나의 라임오렌지 나무』를 다시 읽으면서 제제가 빈곤 가정에서 학대받는 아이임을 알게 됩니다. 빈곤이 아이들의 마음을 어떻게 할퀴는지 보여줍니다. 몇 구절을 빼서 읽습니다.

"어떻게 된 거야? 이빨이 빠졌잖아? 누구한테 맞았어? 입안도 헐고…" "저는 귀신이 붙었어요. 쓸모없는 애라서 맞았어요." "맙소사! 아무리 그렇다고 이빨까지 부러뜨렸단 말이야? 어린아이를 이렇게까지 때리다니…" "전 태어나지 말았어야 할 악질이에요." "아빠가 저를 죽일 듯이 때렸어요. 이제 제가 아빠를 죽일 거예요." "뭐라고?" "이미 죽이고 있는걸요. 그렇다고 총을 쏘아 죽인다는 건 아니에요. 내가 사랑하는 것을 그만두면 언젠가는 죽게 될 거예요."

슬픈 다섯 살짜리 꼬마 제제는 집에서 얻지 못하는 사랑과 위로를 이웃집 아저씨 뽀르뚜가에게서 얻습니다. 그로부터 꿈과 미지의 세계에 대한 동경을 얻습니다. 그리고 어른이 된 제제는 작가가 되어 「나의 라임오렌지 나무」라는 자전적 소설동화를 갑작스런 교통사고로 자기 곁을 떠난 뽀르뚜가에게 바칩니다.

오스카 루이스는 멕시코 빈곤층 연구인 「산체스네 아이들」에서 빈곤한 자들을 이렇게 말합니다.

"'냄비가 될 팔자를 타고난 사람은 절대 부엌을 떠날 수 없다.' 이 말은 주위 사람들한테 귀에 못이 박히도록 들은 말이다. 무슨 사고가 나면 '그게 다 운명이야.' 하고 체념해 버린다."

"가난한 사람의 사회적, 심리적 특성을 제시해 보자면, 주거 공간의 부족, 사생활 보장의 불가능, 군거, 흔한 알코올 중독, 잦은 폭력 사태, 어린이들을 위한 대상으로 하는 흔한 매질, 아내 구타, 이른 성 경험, 자유 결합과 합의 결혼, 빈번한 처자 유기, 모계 중심의 경향과 모계 친척의 친숙함, 핵가족의 우세, 권위주의적 경향, (중략) 만족이나 계획을 뒤로 미룰 능력이 없는 찰나주의와 어려운 생활 형편이라는 현실 때문에 체념과 숙명론에 빠지기 쉽다는 것이 특징이다."

빈곤을 해결하는 것은 정치의 영역입니다. 그러나 빈곤한 자들에게 정치적 목소리를 내게 하는 것은 교육의 영역입니다. 힘든 삶을 포기하지 않고 삶의 방법을 찾도록 길을 안내하는 것도 교육자의 몫입니다. 제제와 같은 우리 선유리 아이들에게 선생님이 그들의 뽀르뚜가가 되어 주셔야 합니다.

지난주에 영화 〈나의 라임오렌지 나무〉를 보면서 마음이 먹먹했습니다. 주말에도 행복하시기를 빕니다.

가을은 참 예쁘다

　가을입니다. 참 예쁜 계절입니다. 산은 불타고 나무들은 황금빛 갑옷 입은 병정 같습니다. 살랑거리는 바람결도, 소곤거리는 벌레 소리도 한결 여유가 있습니다. 빛이 있어 사물을 보듯 마음이 있어 아름다움을 느낍니다만, 그 너머, 보고 듣고 느끼는 아름다움의 근원이 무엇일까 생각해보는 철입니다.

　보이는 아름다움 뒤에 일어나는 생명의 치열함, 한 송이 꽃의 피고 짐에서 느끼는 생명의 운동과 흐름, 장석주의 시처럼 붉은 대추 한 알에서 장마와 태풍과 천둥, 우주의 전율을 느낍니다.

　이 아름다운 계절, 선생님과 함께 하는 것이 저에게는 큰 기쁨입니다. 살아보니 특별한 일, 특별한 곳, 특별한 사람이 따로 있는 것 같지는 않습니다. 지금, 여기, 내 옆에 있는 사람이 특별한 시기와 공간의 특별한 분입니다.

　시절과 같이 삶에도 철이 있어 철 따라 고개 숙여 사는 것이 아름다운 일이 아닌가 생각합니다. 이 예쁜 계절, 옆에 계신 특별하고 아름다운 동료의 손을 한번 잡아주세요. 아름다움이 세상을 구원한다고 하지요. 도스토예프스키의 말입니다. 아름다움이란 절망의 시대를 구원할 정신을 말하는 것이랍니다.

이상하게도/ 남에게 섭섭했던 일은/ 좀처럼 잊혀지지 않는데// 남에게/고마웠던 일은/ 슬그머니 잊혀지곤 합니다// 반대로/ 내가 남에게 뭔가를/ 베풀었던 일은 오래도록 기억하면서// 남에게 상처를 줬던 일은/ 쉽사리 잊어버리곤 합니다// 타인에게 도움을 받거나/ 은혜를 입은 일은 기억하고// 타인에 대한 원망을/ 잊어버린다면/ 삶이 훨씬 자유로워질텐데// 우리네 인생 고마운 일만 기억하고/ 살기에도 짧은 인생입니다//

- 뤼위룽,「한걸음 밖에서 바라보기」중에서

아름다움을 느끼는 가장 확실한 방법은 생활에서 한 발 벗어나는 일입니다. 산속에서는 산을 보지 못하는 법입니다. 설악산 만경대나 내장산 서래봉까지는 아니더라도 이 가을 가까이 감악산 천둥바위길을 한 번 걸어보시는 것은 어떨까요? 예쁜 계절, 아름다움을 돌아봅니다. 아름다운 선생님을 사랑합니다.

박강수 노래, 가을은 참 예쁘다. 한 번 들어보시지요? https://youtu.be/MXBJxlLItIQ
슬퍼서 아름다운 이탈리아 영화 한 편 : 인생은 아름다워

스탠스

스탠스stance는 선수의 경기 자세를 말합니다. 야구선수는 좌익수나 우익수 쪽으로 공을 치기 위하여 자세를 바꿉니다. 스탠스를 좀 넓게 해석하면 삶의 태도를 가리키기 때문에 스탠스를 가지지 않은 사람은 없습니다.

사람에 대하여, 일에 대하여, 자연과 전망 등등에 대하여 우리는 모두 알게 모르게 어떤 스탠스를 갖습니다. 따라서 세상의 모든 일은 사람의 스탠스에 따라 달려 있습니다.

스탠스에 따라 일의 결과가 달라지므로 결국은 스탠스가 능력인 셈입니다. 스탠스를 생각할 때 제 마음의 지침으로 삼는 것이 로타리클럽의 '네 가지 표준4-Way Test'입니다.

우리가 생각하고 말하고 행동하는 데 있어서

1. 진실한가?
2. 모두에게 공평한가?
3. 신의와 우정을 더하게 하는가?
4. 모두에게 유익한가?

제 뜻이 선생님께 닿고 있는지는 모르겠으나, 저는 이런 마음으로 선생님을 만납니다. 선생님도 이런 스탠스로 아이들을 만나고 대해 주시면 고맙겠습니다.

선생님 보시기에 학교의 권력이 교장실에 있는 것 같지만, 아이들에게 변화와 선한 영향력을 미치는 것은 오직 선생님의 진심과 뜨거운 용기뿐입니다. 선생님들끼리 선한 영향력을 서로 주고받으면서 훌륭한 교사로 성장하셨으면 좋겠습니다. 하루 이틀이 아니라 오래 갈 길입니다. 끊임없이 시도하고 실패하고 몇 번에 안 된다고 결코 지쳐서는 안됩니다. 여러 번의 실패와 성공의 경험이 우리 학교 문화를 만들어 갑니다.

한 주간 수고 많이 하셨습니다.
https://youtu.be/eCeuIuoS5pA 10월의 어느 멋진 날에

영화 : 프리덤 라이터스 다이어리Freedom Writers Diary, 실패와 좌절 끝에 성공의 경험으로 어려운 학생들에게 교육의 희망을 심어준 당찬 젊은 백인 여자 선생님 이야기입니다. 쓰기 교육의 중요성을 강조합니다.

'그 쇳물 쓰지 마라'

지금부터 딱 십 년 전 9월 당진의 한 제철소에서 당시 29세 김 아무개 노동자가 1,600도 용광로에 빠지는 사고가 있었습니다. 사고 소식을 전한 짧은 신문 기사에 '그 쇳물 쓰지 마라'라는 뜨거운 댓글이 하나 달렸습니다.

광염에 청년이 사그라졌다/ 그 쇳물 쓰지 마라/ 자동차를 만들지 말 것이며/ 가로등도 만들지 말 것이며/ 철근도 만들지 말 것이며/ 바늘도 만들지 마라// 한이고 눈물인데 어떻게 쓰나// 그 쇳물 쓰지 말고/ 맘씨 좋은 조각가 불러/ 살았을 적 얼굴 흙으로 빚고/ 쇳물 부어 빗물에 식거든/ 정성으로 다듬어/ 정문 앞에 세워주게// 가끔 엄마 찾아와/내 새끼 얼굴 한번 만져보자, 하게
　- 「그 쇳물 쓰지 마라」

10년이 지나고 이 글을 쓴 사람의 시집이 나왔고, 이 시에 이지상이 곡을 붙여 가수 하림이 노래를 불렀습니다. 그리고 지금 '그 쇳물 쓰지 마라 함께 노래하기 챌린지'가 전국적으로 벌어지고 있습니다. 세상은 발전하고 날로 살기가 좋아진다고 하는데 생명의 무게는 점점 가벼워집니다. 자본의 나라, 자본의 시대에, 생명은 자본

증식의 경제 요소 정도로만 취급되고, 교육도 경제발전, 자연 개발, 계층상승에만 관심이 집중되어 있습니다만, 교육이야말로 시대에 맞서 생명의 존엄과 가치를 힘주어 가르쳐야 하지 않을까요? 구의역 김군이 죽고 김용균이 죽고, 택배 노동자들이 죽고, 죽고, 또 죽고… 그래도 자본은 비용 절감을 위해 안전에 투자하는 데 인색합니다.

어제 인근 학교의 학생 사망사고를 듣고 우울한 하루를 보냈습니다. 아이들도 죽고, 죽고, 또 죽고 죽습니다. 아이들을 죽게 만드는 사회구조가 안타깝습니다. 학교에서 우리의 과업은 생명의 중요성을 가르치고 생명의 생존 조건을 탐구하고 생명끼리의 상생을 방법을 가르쳐야 합니다. 교육의 핵심은 정의에 있고 정의의 중핵은 생명에 있습니다. 죽이는 일은 부정의이고, 생명을 살리고 키우는 일이 정의입니다.

다음 주부터는 4주 동안 '회복적 교육'에 대한 공부를 진행합니다. 회복적 정의에 기초한 회복적 교육을 공부하면서 우리가 하고 있는 일을 돌아보는 기회가 되었으면 좋겠습니다.

유트브에 김용균 어머니가 부르는 '그 쉿물 쓰지 마라'가 있더군요. 김용균의 죽음이 알려진 날 그 어머니의 넋두리를 생각하며 밤새 잠 못 자고 끄적거려 본 시의 일부분입니다.

…/ 위선의 가면을 벗고 내 아들을 살려내라/ 아름다운 세상에서 꽃 한 번 피우지 못하고/ 내 아들은 죽었으나 너희는 살아라/ 너

희는 살아서/ 내 아들 같은 사람이 다시는 없게/ 사람답게 사는 세
상을 만들어다오/ 너희는 살아라/ 증식과 축적 파렴치의 악순환
사슬을 끊고/ 시퍼렇게 광나는 구두에 단정한 가르마/ 날 선 주름
의 멋진 양복을 입고/ 뜻 맞는 동지와 여자 남자 친구들과 함께/ 너
희는 기필코 살아남아라//

　　- 전종호, 「너희는 살아라」

https://youtu.be/i4DNwimo1GI　　안치환이 부르는 '그 쇳
물 쓰지 마라'

"저, 이런 고민이 있어요"

한 주간 1학년 학생들을 교실에서 만났습니다. 한 시간은 아이들이 말하고, 한 시간은 제가 말을 했습니다. 학교교장에게 하고 싶은 말, 학교에 개설되면 좋은 프로그램, 학교에 초대하고 싶은 유명인사, 자기 고민, 만들고 싶은 학교의 상像, 선생님께 대한 부탁 또는 요구, 좋은 학교를 위해서 내학생가 해야 할 일, 이렇게 아이들에게 7가지 질문을 했습니다. 4개는 종이에 쓰게 했고, 뒤에 3개는 허니콤보드에서 써서 발표를 했습니다. '없다'가 대부분이긴 했지만, 아이들이 "저, 이런 고민이 있어요."에 대답한 내용입니다.

　　- 키가 작아용. 학교 가는 게 좀 힘들고 인생이 힘들어용.
　　- 매일이 지친다.
　　- 급식이 너무 맛있어서 고민이에요.
　　- 공부를 잘하고 싶은데 못해서 고민이에요.
　　- 저는 엄마가 태국분이십니다. 하지만 별로 그런 거에 신경 안 씁니다. 그런데 어떤 애들은 저를 욕할 때 엄마 욕을 합니다.
　　- 수학 문제가 잘 안 풀려요.
　　- 저는 아직 꿈이 없어요. 잘하는 것도 없는 것 같아요.
　　- 저는 영어 공부가 좀 아쉬워요.

– 공부가 너무 극심한 스트레스에요ㅠㅠ

– 학교에 오는 시간이 너무 힘들어요. 23번 버스가 한 시간 한 대라 지각하기가 쉬워요.

– 진로에 대한 고민이 있어요.

– 교복이나 체육복 입을 때 너무 추워요.

– 저는 키가 작아 고민이에요.

– 커튼 좀 고쳐주세요.

– 친구랑 사이가 어색해졌는데 다시 친해지고 싶어요.

– 학교에 오는 게 너무 슬프고 힘들어요.

– 꿈을 무엇으로 정해야 할지 고민이에요.

– 선배를 보러 가고 싶은데 다른 층에 못 가게 해요.

– 교장 선생님, 추운데 아침마다 나와서 몸살 날까 걱정돼요.

– 다른 반 힘센 아이들이 문 앞을 막고 있을 때가 있어요.

– 똥폼 잡고 다니는 애들이 많아요.

– 2교시 지나면 배고파요(매점).

– 살이 쪄서 고민이에요.

– 모든 일을 귀찮아해서 문제인 게 고민이에요.

– 체육을 많이 하고 싶어요.

– 키가 안 커요.

– 공부가 어려워요.

– 수학 수업 더 자세하고 정확한 설명이 필요해요.

– 아침에 수업할 때 너무 졸려요.

‒ 어떻게 하면 좋은 사람이 될 수 있을까

‒ 얼굴이 자신이 없어서 화장하게 허락해 주세요.

‒ 코로나 땜에 성적이 떨어지고 집중이 안돼요.

‒ 저는 꿈이 없어서 고민이에요. 1학년이라 괜찮다고 하지만 불안해요.

‒ 아침에 일어나는 게 너무 힘들어요.

‒ 수학학원 다니는데 선행이 안 돼요.

‒ 학교 가고 학원가고, 숙제도 해야 하고 과제도 해야 하고 놀 시간이 없어요.

선생님, 저도 고민이 있어요. 아이들의 고민을 어떻게 풀어주어야 할까요? 아이들의 목소리에 귀 기울이고 아이들의 꿈이 실현되도록 하는 것이 교사의 소명입니다.

노동자 전태일이 분신한 지 50년째 되는 오늘, 여전히 이 땅의 노동과 삶은 본질적으로 바뀐 게 없고 노동교육 하나 제대로 못하는 것이 현실입니다. 겨울에 들어서고 있는 한 주, 선생님, 고생 많이 하셨습니다. 학교의 엄숙주의를 풍자하는 영화 : 스쿨 오브 락 School of Rock.

https://youtu.be/wn8uxz-NW_s 사계(곡은 명랑한데 내용은 막막한 노래)

Shall we dance?

오래전에 〈샬위댄스〉라는 일본 영화가 흥행을 한 적이 있습니다. 이제 기억도 가물가물하지만, 매일매일 전철로 출퇴근하던 중년의 남자 눈에 역 근방의 춤 교습소 간판이 눈에 들어옵니다. 교습소 창가에 기대고 서있는 아름다운 여인의 모습이 눈에 들어온 것인지도 모릅니다. 용기를 내어 찾아간 교습소에서 춤을 배우면서 점차 생활의 활력을 찾아가는 중년 남성과, 남편의 수상한 몸짓과 행동 변화에 의심이 들어 흥신소 사람을 붙여 뒷조사하는 아내와, 춤 배우는 남성과 여자 춤 선생의 이야기가 이럭저럭 전개되는 그렇고 그런 이야기입니다.

사실 저는 춤을 잘 모르지만 춤이라는 게 참 매력적인 예술이라고 합니다. 운동으로서도 매우 좋다고 하고요. 요즘은 춤 테라피라고 해서 행동과 정신 치료요법으로 활용되기도 합니다. 학교에서도 선생님들이 방과 후에 라인댄스나 줌바 댄스 같은 것을 많이 하시는데, 속풀이와 스트레스 해소에 많은 도움이 된다고 합니다. 저도 한때 해보려고 했으나 제 몸은 춤에 적합하지 않다는 사실만 확인했습니다. 대신 저는 배낭을 메고 익숙한 것으로부터 자신을 분리하는 연습을 했습니다. 생활로부터의 자발적 분리와 고립, 황무의 땅에 몸을 부림으로써 오는 자유와 철저한 고독을 즐기며 내면을 들여다보려고 했습니다.

높은 산에 가면 가끔 아이들과 선생님들을 만나기도 합니다. 거의 모든 대안학교에서는 노작교육과 지리산 종주를 체험학습으로 선택합니다. 고행을 통해서 자신의 몸의 한계를 직면하게 하는 것이 목적입니다. 지력을 계발한답시고 그동안 몸을 하대해온 것에 대한 반성입니다. 성교육도 몸의 새로운 인식에서 출발해야 합니다. 일부 혁신학교에서는 선도 프로그램으로 지리산 종주를 하기도 합니다. 쏟아지는 별빛 아래 풀밭에 함께 누워 듣는 선생님의 이런저런 이야기는 교훈의 말이 섞이지 않더라도 아이들의 마음을 밝혀 주리라 확신합니다. 저도 말썽꾸러기들을 데리고 1박 3일 지리산 둘레길을 걸은 적이 있습니다. 지각, 결석, 약속 안 지키기, 문제 행동을 묶어서 2km, 4km, 8km 걷기로 벌칙을 정해서 학교 근방을 걸은 적도 있습니다. 가끔 문시현 선생님이 아이들을 데리고 농구를 하시는 것을 봅니다. 농구나 축구, 걷기를 통해서 아이들과 몸을 부딪치며 마음을 거리를 좁히는 것은 매우 중요한 일입니다.

〈샬위댄스〉 마지막에 춤 선생님이 이렇게 말합니다. "경기에서 실패한 것은 실수한 리더가 아니라 상대를 신뢰하지 않은 나에게 있다. 춤을 출 때 파트너를 신뢰하는 것이 중요하다."

어디엔가 이런 글이 있더군요.

"한 명이 춤을 출 수는 있다. 하지만 그 춤에 동조해 주는 두 번째, 세 번째 사람이 없다면 전체 모든 구성원이 춤을 추는 일은 없다. 어느 학교나 민주적 협의 문화, 배움의 공동체를 지향하는 한 명의 퍼스트 펭귄은 있다. 그 퍼스트 펭귄에게 동조하여 행동하는 교사들이 없다면 그 펭귄은 그저 혼자 물에 뛰어들어 헤엄치다 끝날 뿐이다."

Shall we dance? 선생님, 춤 한 번 추시겠어요?
주말에는 〈샬위댄스〉를 다시 한번 틀어 보아야겠습니다. 날씨가 추워집니다. 행복한 주말을.

겨울, 희망을 노래하다

"온몸을 태워

진갈색으로 타올라

가을이 지나면

한꺼번에 아래로 땅속으로 져서

작은 풀벌레들의 먹이가 되거나

살아 있는 것들의 거름이 되어

날 기억하지 마오

산속으로 걸어 들어가

겨울 눈꽃처럼 사라지고 싶었다"

〈참나무처럼〉

저절로 되는 것은 없다

어렸을 때는 저절로 어른이 되는 줄 알았습니다. 저절로까지는 아니더라도 조금 노력하면 부자도 될 수 있고, 하고 싶은 것 다 하면서 멋있는 인생을 살 줄 알았습니다. 조국 근대화의 주역으로 교육받았던 우리 같은 세대는 '할 수 있다'는 신념이 내면화되어서 도전, 성장, 극기, 극복 이런 말들에 친숙합니다. 광화문 노인들의 인정 투쟁을 보면서 적어도 인생이 자기의 통제 범위 안에 있을 줄 알았던 동시대 노인들의 상실감과 허무함을 이해할 수 있을 것 같습니다.

교사가 되어서도 나도 저 선생님처럼 40대, 50대가 되면 수업에도 생활지도에도 막힘이 없는 좋은 선생님이 될 줄 알았습니다만, 갈수록 '선생' 됨의 어려움이 어깨 위로 더 해집니다. 살아보니 '하기'나 '되기'뿐 아니라 '하지 않기'나 '되지 않기'도 학습해야 한다는 걸 알게 됩니다. 하나씩 놓아야 살아갈 수 있다는 것을 알게 됩니다.

달관達觀이라는 것이 일종의 체념이라는 것을 깨닫습니다. 자식에 대한 염려도, 아내의 잔소리도 못 들은 척하고 학교에서 아이들의 무례함도 때로는 못 본 척해야 살 수 있습니다. 늙어서도 이것저것 집착하면서 사는 사람들을 보면서 멋있게 또는 아름답게 늙어가는 것도 저절로 되는 게 아니라는 걸 깨닫습니다.

내려놓기放我, 放我를 해야 합니다. 대추 한 알이 저절로 붉어질 리 없듯, 저절로 어른이 되어가는 것도, 저절로 좋은 교사가 되는 것도 아닙니다.

"저게 저절로 붉어질 리는 없다/ 저 안에 땡볕 두어 달/ 저 안에 무서리 내리는 몇 밤/ 저 안에 초승달 몇 날// 저게 저 혼자 둥글어 질 리는 없다/ 저 안에 태풍 몇 개/ 저 안에 벼락 몇 개/ 저 안에 천 둥 몇 개"

- 장석주, 「대추 한 알」 일부

코로나가 심상치 않습니다. 등교수업에 대한 고민을 함께 다시 해야 할 것 같습니다. 만남을 절제하고 주말에는 영화 〈블라인드 사이드〉 보시면서 가족과 함께 행복을 나누시기 바랍니다. 어른이 라면 이렇게 살아가야 할 것 같은 내용입니다.

백그라운드뮤직

운전할 때 습관적으로 음악을 듣습니다. 한때 정치 시사 같은 걸 들었지만, 뾰족한 쟁점을 듣는 일 자체가 괴로운 일이라 이제 음악을 듣습니다. 라디오를 틀면 쏟아지는 게 음악이고 다양한 음악의 소개 속에 이런저런 사람들의 사연들이 소개됩니다. 남의 이야기 또한 번다함을 만드는 일이어서 요즘은 그냥 클래식 에프엠을 자주 듣습니다. 때로는 클래식 시디를 듣기도 합니다. 순음악이 마음을 편케 합니다. 그렇다고 제가 음악에 무슨 조예가 있는 것은 아닙니다. 매번 들어도 베토벤 교향곡도 잘 구분하지 못하는 수준입니다. 그 유명한 쇼팽의 녹턴도 잘 분별하지 못합니다. 자주 음악을 들으며 일을 하지만 그저 마음의 평화 또는 쉼, 멍 때리기 위한 배경으로, 뮤지션들에겐 미안한 말이지만 음악을 백색소음으로 삼습니다.

몰랐는데 이런 음악을 백그라운드뮤직BGM이라고 한다고 하네요. 배경음악·환경음악이라고도 한다는데, 바로크 시대의 파펠뮤직식탁음악이 시초이며, 최근에는 작업의 단조로움을 잊고 생산성을 높이기 위하여 작업 중에 음악을 들려주는 식으로 발전해 왔다고 합니다. 생연주에 의존할 수밖에 없었던 음악이 언제 어디서나 재생이 가능할 수 있도록 기술이 발달한 덕분이겠지요. 상담할 때, 또는 지루한 워크숍을 할 때 잔잔한 음악이 도움을 주기도 합니다. 영화나

드라마의 OST도 내용을 강화하는데 매우 효과적입니다. 일요일마다 〈영상 앨범 산〉을 보는데 산을 오르는 사람의 화면에 음악이 깔리면 제가 마치 산에 오르는 것 같은 느낌을 받습니다.

의도적이지도 않고 직접적이지도 않은 누군가의 말들이 살면서 불현듯 살아 돌아와 나의 삶에 영향을 끼칠 때가 있습니다. 이제 이름도 가물가물한 오래전의 선생님들의 말 한마디가 제 입에서 불쑥 튀어나오기도 하고, 대학의 교수법 강의보다 어릴 때 나를 가르쳤던 선생님의 수업 방식이 내 수업에 더 많이 배어 있기도 합니다. 중고등학교 시절 선생님의 멘트와 조크를 무의식적으로 사용하기도 합니다. 선생님이 아이들과 나누는 지금의 대화와 교훈, 우연찮은 스침이 아이들의 삶에 두고두고 영향을 줄 수 있습니다. 직접적이고 강한 가르침과 훈육보다 선생님의 나지막한 말 한마디, 말투, 따뜻한 눈빛, 넉넉하고 따뜻한 바라봄이 더 큰 영향을 줍니다. 무겁지도 가볍지도 않은 일상에서의 깊이 있는 삶의 터치가 중요합니다. 선생님의 삶의 체취가 아이들에게 백그라운드뮤직 같은 역할을 하게 될 것입니다. 그래서 선생님은 멋있어야 할 뿐만 아니라 아이들 한 명 한 명에게 다정하실 필요가 있습니다.

위대한 것은 인간의 일들이니/ 나무 병에 우유를 담는 일,/ 꼿꼿하고 살갗을 찌르는 밀이삭들을 따는 일,/ 암소들을 신선한 오리나무들 옆에서 떠나지 않게 하는 일,/ 숲의 자작나무들을 베는 일,/ 경쾌하게 흘러가는 시내 옆에서 버들가지를 꼬는 일,/ 어두운

벽난로와 옴 오른 늙은 고양이와,/ 잠든 티티새와, 즐겁게 노는 어
린아이들 옆에서/ 낡은 구두를 수선하는 일,/ 한밤중 귀뚜라미들
이 날카롭게 울 때 / 처지는 소리를 내며 베틀을 짜는 일 / 빵을 만
들고 포도주를 만드는 일/ 정원에 양배추와 마늘의 씨앗을 뿌리는
일,/ 그리고 따뜻한 달걀들을 거두어들이는 일

  - 프랑시스 잠, 「위대한 것들은 인간들의 일이니」

  음악이 흐르는 순간 대단한 영감이 떠오르지 않더라도 선율을
따라 흥얼거리거나 추임새 하는 것으로도 충분치 않을까요? 엄청
난 것이 위대한 게 아니라, 소소한 일상에서 길어낸 깊은 울림이야
말로 소중한 것 아닐까요? 선생님이 진정 아이들의 백그라운드뮤
직입니다.

대화

어제 두 부장님과 함께 '파주시청소년상담센터'를 다녀왔습니다. 아이들 문제들에 미리 대응하고, 발생하는 사후 문제들에 효과적으로 대처할 수 있는 상담 지원체계를 구축하기 위한 것이 목적이었습니다만, 가서 이야기하면서 '대화'의 중요성을 다시 한번 생각해보았습니다. 아이들의 내면을 들여다보고 다루는 최일선에 있는 분들의 입을 통하여 아이들의 심리 세계가 얼마나 취약한지, 방치된 가난한 집뿐만 아니라, 부모 역할까지 돈으로 구매해서 해결하는 중산층의 애착의 끈이 끊어진 아이들이 따뜻한 말 한마디에 범죄와 일탈에 얼마나 쉽게 빠져드는지 현장의 실감 나는 소리로 들으면서 말 한마디가 아이들을 살리기도 죽이기도 할 수 있겠다는 것을 깨닫습니다.

엊그제 '회복적 교육' 모임에서 선생님들과 함께 '아이들 이름을 불러 주기, 다정하게 대하기, 명령형이 아니라 청유형으로 말하기, 아이들 반응과 대답에 고맙다고 되받아 주기, '~을 어떻게 생각하니'처럼 생각을 묻는' 대화를 해야겠다는 이야기를 나누었습니다.

사는 일이란 생각해보면 결국 듣고 말하기인데, '제대로 먹고사는 일'이 쉽지 않은 것처럼 늘 하는 일이지만 대화하기는 참 어려운 일입니다.

가까운 사람과의 대화는 더 어렵습니다. 상대방의 기분까지 고려하여 잘 말했다고 했는데 상대방은 그렇게 듣지 않을 수도 있습니다. 그런 의도도 아니고 그런 분위기도 아닌데 나중에 들리는 이야기는 엉뚱할 수도 있습니다.

대화를 훈련받은 사람은 많지 않습니다. 최근 들어 학교에서 '비폭력대화NVC'나 '회복적 대화'를 공부하고 있습니다만, 그래도 대화는 참 어렵습니다. 교육은 궁극적으로 대화입니다. 「수업이 바뀌면 학교가 바뀐다」에서 교육을 대화로 보는 마토 사나부의 시각은 신선합니다.

"서로 배우는 관계의 기초에는 서로 듣는 관계가 있다. 듣는다는 행위는 배움이 배움으로써 성립하기 위한 가장 중요한 행위이다. 서로 듣는 교실을 만드는 첫걸음은 우선 교사 자신이 한 사람 한 사람의 목소리를 주의 깊고 정중하게 듣는 일을 끈기 있게 계속하는 것이다. 그 외에 달리 방법이 없다. 서로 배우는 교실은 서로 듣고 서로 이야기하는 부드러운 관계를 만드는 일 없이는 실현될 수 없다."

'회복적 교육'을 함께 하시던 신호승 선생님이 이번에 새로 낸 책에 이런 말이 있군요.

"말과 마음과 몸은, 셋이면서 동시에 하나다. 고로 말에 대한 탐구는 마음과 몸에 대한 탐구로 이어지고, 마음이나 몸에 대한 탐구 역시 말에 대한 탐구로 이어진다. 말한다는 행위 또는 듣는다는 행위는, 마음의 작용이자 동시에 몸의 작동이기도 하다. 말, 마음, 몸 모두 전체 현실로 서로 이어져 있다."

  - 신호승, 『삶을 위한 대화 수업』

행여 제 말에 신경 쓰이거나 상처를 받으신 분이 계신다면 '에이 저 수양이 덜 된 인간 같으니' 하고 넘기시기를.

시간에 기대어

엊그제 집에 가는 길 자유로에서 클래식 FM 노래 한 곡에 꽂혔습니다.

"저 언덕 넘어 어딘가/ 그대가 살고 있을까/ 계절이 수놓은 시간이란 덤 위에/ 너와 난 나약한 사람/ 바람이 닿는 여기 어딘가/ 우리는 남아 있을까"
    - 고성현, 〈시간에 기대어〉

머리로, 입으로 몇 번이나 반복해서 외웠다가 집에 도착하자마자 유튜브로 몇 번이나 다시 들었습니다.

"설움이 닿는 여기 어딘가/ 우리는 살아 있을까/ 후회투성인 살아온 세월만큼 더/ 너와 난 외로운 사람/ 난 기억하오 난 추억하오/ 소원해져 버린 우리의 관계도/ 사랑하오 변해 버린 그대 모습/ 그리워하고 또 잊어야 하는/ 그 시간에 기댄 우리/…"

제목을 곱씹어 봅니다. 〈시간에 기대어〉. 그래 우리는 시간에 기대어 사는 거구나, 계절이라는 게 있고, 이제 겨울이고, 12월이고,

한 해가 또 가고, 새로 오고, 흰 머리는 늘어가고 몸은 계속해서 노화의 신호를 보내오고. 더구나 시간이 가도 시간 속에 난 상처들은 아물지 않고 잊혀질 뿐 사라지지 않고 또 나타납니다.

영화 〈Our souls at Night밤에 우리 영혼은〉는 시간이 남긴 상처를 두 노인이 대화로 일상으로 겪어내는 이야기입니다. 콜로라도를 무대로 한 노년기 남녀의 삶을, 무려 80대의 명배우 제인 폰다와 로버트 레드포드의 영화로, 혼자 사는 제인 폰다가 아내를 잃고 외롭게 사는 레드포드를 찾아옵니다. "우리 집에 와서 같이 자지 않을래요?"라는 할머니의 도발적 말로 시작하는 영화에서 "밤을 건너내야 하니까요."라는 대사는 노년의 외로움을 사무치게 나타내는 말입니다. 둘은 침대에 누워 서로 지나온 시간의 상처를 꺼내 놓습니다. 갑작스러운 교통사고로 인한 딸의 사망과 그로 인한 부부관계의 파경과 소원, 잠시의 사랑의 일탈, 아내의 병고와 아이들의 양육과정에서의 실수와 실패. 부모의 실수와 실패를 놓치지 않고 예리하게 기억하는 자녀들. 담담히 주고받는 이야기 속에 시간 밖으로 사라지지 않고 남아 있는 상처와, 고통을 들여다보는 노인들의 처지를 마주하게 됩니다. 노인은 우리의 미래입니다. 미래를 먼저 한번 들여다보는 것도 나쁘지 않겠죠?

저도 기억을 찾아 시간여행을 한 적이 있습니다. 지금은 세상에 없는 친구의 기억을 찾아, 백사장에서 함께 막걸리를 마시며 세상의 변화를 꿈꾸며 즐기던 산성의 벚꽃과 진달래를 혼자 바라보다가 돌아오던 쓸쓸한 여행이었습니다.

"산성의 진달래도 투쟁하기 위해 피었다더니/ 어느 날 누군가 마음속에 품은 뒤부터/ 진달래도 사랑하기 위하여 피었다/ 살그머니 말을 바꿨던 그대여// 지금은 진달래는 무엇을 위해 피고 있는가/ 아니 마음속에 꽃은 여전히 피어나는가/ 속에서 끊임없이 불 당기는 무언가 있어/ 아직도 대안의 길을 찾아 헤매고 있는가// 그대는 이제 멀리 떠나고/ 주인 없이 늙은 개 한 마리 따라와/ 함께 홀로 목적도 없이 걸어가는 길/ 개 꼬리 넘어 지난 세월이 덩달아 따르고// 함께 바라보던 강 건너 산성의 벚꽃 수다/ 능선 위에 진달래밭이 설핏설핏 보이는데/ 그대 있는 거기도 봄마다 진달래가 피는가/ 속에 아픈 단심丹心은 여전한가 묻기만 하네//

　　- 전종호,「진달래 편지」

여러 버전 중에서 중후한 바리톤 고성현의 목소리가 가장 좋아 보입니다. 고성현, 〈시간에 기대어〉 https://youtu.be/Vvku4AVxRRk ,
주말의 영화 〈Our souls at Night밤에 우리 영혼은〉, 2017

선생님, 소중한 오늘, 시간을 빛나게 가꾸어 나가시기를 빕니다.

자리

크리스마스가 내일인데, 분위기가 참 쓸쓸합니다. 예년 같으면 캐롤이 한창이었을 텐데 어쩌다 라디오에서 흘러나오는 캐롤도 좋은 시절의 행복한 느낌을 불러내지는 못하는 것 같습니다. 사람들이 모이고, 여러 소식과 소문과 함께 사람들의 인정도 함께 나누는 연말 모임, 각종 밥자리, 술자리에서 나누는 연초의 당찬 계획과 실패의 쓸쓸함, 그럼에도 불구하고, 새해 다시 꿈꾸는 들뜬 자리도 올해는 생략해야 할 것 같습니다. 작고, 사소하고 흔하던 일상의 자리가 귀하고 새삼스럽습니다.

출근했다 갑작스러운 복통으로 맹장 수술을 한 적이 있습니다. 병원에 누워 아, 이렇게 나왔다 집으로 다시 돌아갈 수 없는 일도 생길 수 있겠구나! 하는 생각에, 일터로 여행으로 독립운동 또는 전쟁에 나갔다 돌아오지 못한 사람들을 기억하면서 새삼 '자리'의 무게를 실감해 본 적이 있습니다.

자리라는 게 공간seat을 뜻하기도 하고 위치status를 의미하기도 하지만, 지위가 있어 어떤 장소를 차지하기 때문에 따지고 보면 그게 그것입니다. 우리 모두 집에서, 학교에서, 교회에서, 사적, 공적 모임에서 한 자리씩 차지하고 있습니다.

지극히 작은 자리에 감사하기보다 불만을 품은 적이 더 많았던 것 같습니다만, 코로나 대재앙을 맞으면서 서 있는 오늘 이 자리, 지금 앉아 있는 이 자리에서 집과 제 나라를 떠나 길을 떠도는 난민이나 재난을 당한 사람들을 떠올리며 한 나라 한 국민으로서의 자리를 다시 돌아봅니다.

볼만한 것도 자랑할만한 것도 아니지만, 이 나이, 이 자리, 이 직장, 이 나라, 이 가족에 대해 자족하는 법을 배워야 할 것 같습니다. 앞자리, 옆자리에 계신 분들이 예수님이고 부처님입니다. 이 재난을 벗어나 2021년 새해에는 어디 허름한 순대국집 목로에 앉아 가슴 속에 쌓여 저미는 사랑의 이야기 펼쳐 놓고 찬 소주 한잔 뜨겁게 나누는 자리가 열리기를 소망합니다.

반갑고 고맙고 기쁘다/ 앉은 자리가 꽃자리니라/ 네가 시방 가시방석처럼 여기는/ 너의 앉은 그 자리가/ 바로 꽃자리니라// 앉은 자리가 꽃자리니라/ 앉은 자리가 꽃자리니라/ 네가 시방 가시방석처럼 여기는/ 너의 앉은 그 자리가/ 바로 꽃자리니라// 나는 내가 지은 감옥 속에 갇혀 있다/ 너는 네가 만든 쇠사슬에 매여 있다/ 그는 그가 엮은 동아줄에 엮여 있다// 우리는 저마다 스스로의/ 굴레에서 벗어났을 때/ 그제사 세상이 바로 보이고/ 삶의 보람과 기쁨을 맛본다// 앉은 자리가 꽃자리니라/ 네가 시방 가시방석처럼 여기는/ 너의 앉은 그 자리가/ 바로 꽃자리니라//

- 구상, 「꽃자리」

이 자리 저 자리. 앞자리 끝자리. 가시방석과 꽃자리. 이 중에서 마음자리가 가장 소중합니다. 모든 게 마음자리에서 나고 지는 법이니까요.

쓸쓸하고 한심한 날, 그럼에도 선생님께 메리 크리스마스! 인사를 드립니다.

주말의 영화 : 힐빌리의 노래, 극한적 가정상황에서 인생의 한 자리 찾아 나서는 청년의 이야기.

발자국

12월 31일, 오늘 마침내 한 해의 종지부를 찍습니다. 해마다 새로운 시작이 있고 끝이 있지만, 올해의 마침은 그 의미가 각별합니다. 두 번째 히말라야 트레킹을 위해 출국하던 작년 12월 31일에, 세계가 일 년 만에 이렇게 예측할 수 없는 소용돌이에 빠지게 될 거라고는 전혀 상상하지 못했습니다.

인생이라는 게 아무리 예측 불가라고는 하지만, 과학의 시대에 인간이 이렇게 한 치 앞을 내다볼 수 없는 존재라는 게 실감이 나지 않습니다. 뻔히 눈을 뜨고 있으면서도 무엇이 어떻게 돌아갈지 모르는 한 해를 보내면서 우리 사는 사회가 「눈먼 자들의 도시」와 다를 바 없다는 생각이 들었습니다.

올 한 해 우리는 가보지 않은 길을 걸어왔습니다. 숨죽여 지켜보며 2, 3월을 보냈고, 기운을 차려 4월부터 온라인에 학교를 세웠습니다. 몸에 익지 않은 툴tool을 사용하고, 플랫폼에 콘텐츠를 걸고, 줌으로 아이들과 소통하며 쌍방향 수업의 길을 개척하며, 바이러스 소강상태를 활용하여 오프라인에서 아이들을 만났습니다.

'눈 내린 들길을 걸을 때 함부로 걷지 마라'는 서산대사의 시구를 무시하고, 우리는 아무도 가지 않은 길을 시행착오를 겪으면서 뒷사람이 아니라 우리의 이정표를 위해 발자국을 만들어 왔습니다.

우리 앞에 다가온 새해는 어떤 해가 될지 잘 모르겠습니다. 백신이 보급되고 면역이 확장되면서 이전의 안정 상태로 돌아갈지, 변이와 혼란과 불안정 상태가 지속될지 지금으로서는 가늠할 수 없으나 그래도 회복과 진보의 희망을 버리지 않았으면 좋겠습니다.

지금 생각하면 어처구니없기도 하고 꿈 같기도 한 1년 전 히말라야 산속으로 들어가면서 수첩에 남겼던 글을 다시 읽어 봅니다. 시공간이 모두 아득하여 비현실적이고 몽환 같습니다.

산에 가는데 굳이 시간을 다툴 일도 아니어서/ 완행버스를 탔습니다/ 카트만두에서 샤부르베시까지 아홉 시간/ 가다 서다 타다 내리다/ 사람도 타고 염소도 타고 쌀자루도 타고/ 버스는 원시의 평화로 가득합니다/ 어설프고 패인 포장도로를 달리다/ 천 길 낭떠러지에 매달린 비탈길을/ 탈탈탈 구르며 느리게 가는 버스가/ 산사태로 무너진 길을 천천히 비껴갈 때는/ 이 세상이 저세상인 듯/ 순간 아득해지기도 하지만/ 여러 차례 삶의 태풍을 만나/ 여기저기 찢기고 멍든 곡절의 마음이라/ 더 이상 놀라지는 않기로 했습니다/ 점과 점이 이어져 누군가의 숨길이 되고/ 마을과 마을을 이어 삶을 이어가듯/ 사람과 사람들 등 기대어 느리고 더디게/ 이렇게 살아도 될까 싶을 정도로/ 느리게 참으로 느리게 달려 산으로 갑니다/ 버스가 더 이상 갈 수 없는 막다른 길에서/ 히말라야 산속으로 걸어 드는 좁은 길은/ 속도의 문명이 세상의 전부가 아니라며/ 고요한 세계가 문을 열고 있습니다//

- 전종호, 「산으로 완행버스를 타고」

혼란의 시간이기도 했지만, 이번 학기 예상치 못한 인생의 경로에서 우연치않게 선생님들을 만나 저에게는 참 따스한 시간들이었습니다. 교육이란 아이들 마음의 습관을 형성해 가는 일입니다. 전혀 걸어보지 못한 길을 저와 함께 걸으며 고요와 평화와 진보의 발자국을 남기지 않으시겠어요? 주말에는 책으로 읽은 사라마구의 『눈먼 자들의 도시』를 영화로 한 번 보려고 합니다. 선생님, 한 해 수고 많으셨습니다. 새해 복 많이 받으세요.

다시, 희망을

희망을 말하기가 참으로 어렵고 민망한 시절이지만, 그럼에도 불구하고, 새해를 맞아 다시 희망을 노래합니다. 바랄 수 없는 중에 바라고 믿는 것이 믿음이라고 성경에서 말하고 있는데, 이 믿음을 끝까지 붙잡고 나가는 것이 희망이 아닐까 생각해 봅니다.

국어사전은 희망을 '어떤 일을 이루거나 하기를 바람'으로 정의하고 있고, 영어사전은 희망을 hope, wish, desire, expect로 풀이하고 있습니다. 희망은 완료형이 아니라 미래에 대한 욕망과 기대의 진행형이므로 어찌 보면 현실이 어렵고 난망할수록 희망은 더 커지고 간절하리라 생각됩니다.

희망의 조건이 아니라 희망의 내용을 다시 생각해 봅니다. 새해를 맞아 코로나와 그 후유증이 빨리 걷혀 불안과 우울에서 벗어나기를, 선생님의 개인적인 희망이 하나씩 이루어져, 결혼하실 분은 빨리 결혼하고, 출산할 분은 순산하시고, 부자가 되고 싶은 분은 빨리 부자가 되고, 아픈 분은 빨리 쾌유하기를, 남 모르는 심통心痛이 치유되기를, 나이 든 분은 쉬이 늙고 지치지 않기를, 아이들이 모두 잘 되고 건강하기를, 모시는 부모님이 모두 건강하고 행복하시기를, 무엇보다 선생님이 유쾌하고 건강하시기를, 우리 선유리 아이들이 여러 불리한 것을 딛고 모두 행복하게 성장하기를 희망해 봅니다.

　견고하다고 믿었던 체제도, 사랑과 믿음도, 일상도 너무나 쉽게 무너지는 것을 보고 있습니다. 세상이 아무리 바랄 수 없는 가운데 있을지라도 다시 희망을 붙잡고 2021년을 시작했으면 좋겠습니다. 새해도, 코로나 사태도 아직 가보지 않은 길입니다만, 보이지 않는 것을 보는 것이 비전입니다. 아이들의 학습과 생활교육과 진로에 대한 선생님들의 비전이 필요한 시기입니다. 학생들은 선생님의 절대적 환대 속에서만 사람이 되어갑니다. 선생님이 꿈꾸는 만큼, 선생님의 비전을 현실로 만들어내는 만큼 아이들의 미래는 커지고 밝아집니다. 어려운 시절, 선생님이 계셔서 다시 용기를 내어 한 걸음 내딛습니다. 그리운 가객 김광석이 우리에게 일어나라고 외치고 있네요(마침 지난 1월 6일이 김광석 25주기).

　검은 밤의 가운데 서 있어/ 한 치 앞도 보이질 않아/ 어디로 가야 하나 어디에 있을까/ 둘러봐도 소용없었지/ 인생이란 강물 위를 뜻 없이 부초처럼 떠다니다가/ 어느 고요한 호숫가에 닿으면 물과 함께 썩어가겠지// (…)// 가볍게 산다는 건 결국은 스스로를 얽어매고/ 세상이 외면해도 나는 어차피 살아있는 걸/ 아름다운 꽃일수록 빨리 시들어 가고/ 햇살이 비추면 투명하던 이슬도 한순간에 말라버리지// 일어나 일어나 다시 한번 해보는 거야 봄의 새싹들처럼.〈김광석, 일어나 ttps://youtu.be/lFHSEeZPJ7k〉

희망찬 사람은/ 그 자신이 희망이다// 길 찾는 사람은/ 그 자신
이 새길이다// 참 좋은 사람은/ 그 자신이 이미 좋은 세상이다/ 사
람 속에 들어 있다/ 사람에서 시작된다// 다시/ 사람만이 희망이다

  - 박노해, 「다시」

희망이란 있다고도 없다고도 할 수 없다. 이는 마치 땅 위의 길
과 같은 것이다. 본시 땅 위엔 길이 없다. 다니는 사람이 많다 보니
길이 되어 버린 것이다.

  - 루쉰

나무의 삶, 사람의 삶

뜻깊은 졸업식을 맞이하면서, 오늘 이 자리, 102명 여러분들의 졸업을 진심으로 축하합니다. 지난 3년간 어려운 여건 속에서도 학생들을 훌륭하게 키워 주신 부모님들과 오직 사랑으로 교육에 전념하신 선생님들께도 깊은 감사 말씀을 드립니다.

졸업생 여러분!

우리는 전례 없는 코로나 사태로 알 수 없는 길을 시행착오를 거치며 살았습니다. 많은 불편과 어려움 속에서 당황과 혼란을 걷어내며 한발 한발 어두움을 뚫고 왔습니다.

사랑하는 졸업생 여러분!

『주역』에서는 사람의 일생을 나무와 비교합니다. 사실 큰 나무라고 하더라도 시작은 작은 씨 과실석과, 碩果에서 시작합니다. 나뭇잎이 모두 떨어지고 나목의 가지 끝, 삭풍 속에 남아 있는 마지막 과실 즉 씨 과실이 새봄의 싹이 되고, 줄기가 되고 다시 스스로 큰 나무가 되어 숲을 이루어냅니다. 그러기 위해서는 먼저 나무는 자기 잎을 떨어뜨려야 합니다엽락, 葉落. 거품을 걷어내고 환상을 청산해야 합니다. 그리고 잎을 떨어뜨리면 뼈대를 선명하게 드러내야 합니다체로, 體露. 우리의 삶을 그 근본에서 지탱하는 뼈대 즉 정체를 직시해야 한다는 뜻입니다. 그리고 마지막으로 뿌리를 거름하는 일입니다분본, 糞本. 사람이 바로 뿌리입니다. 내가 사람이 되는 일, 다른 사람과 함께 견고하게 사람으로 사는 일, 그리고 나아가 사람을 키우는 일이 우리가 살면서 해야 할 일입니다. 이를 위해서는 긴 시간과 알지 못하는 수 많은 인연들의 도움을 필요로 합니다.

졸업생 여러분!

학교를 졸업한다는 것은 여러분의 삶의 과정에서 한 획을 긋는 중요한 과정입니다. 이제 여러분들은 자신의 능력과 적성에 맞게 선택한 고등학교에 진학하게 됩니다. 선택이 훌륭한 결실을 맺기 위해서는 앞으로 처하게 되는 각자의 위치에서 성실한 삶의 자세와 끊임없는 노력이 요구됩니다.

졸업생 여러분! 몇 마디 당부를 드립니다.

첫째, 여러분은 먼저 자신의 정체성을 확립해야 합니다. 정체성이란 내가 누구인가를 분명하게 파악하는 일이고 자신의 본분을 아는 것입니다. 본분을 안다는 것은 자신이 어디에 있는지 위치를 정확히 파악하고, 의연한 자세와 현재의 '나'를 있게 한 부모님과 선생님의 관계. 사회에서의 위치를 파악하는 것입니다.

둘째, 배움을 게을리하지 말아야 합니다. 인간은 평생을 배움 속에서 사는 존재입니다. 사람은 언제 어디서나 또 누구에게서나 겸허한 자세로 배워야 합니다. 오늘날과 같은 지식혁명 사회에서는 어제의 지식은 이미 쓸모없는 것이 되어버립니다. 그러기에 어제보다는 오늘, 오늘보다는 내일을 위하여 더욱 새로워지려는 적극적인 자세로 지식과 기술을 배워야 합니다.

마지막으로, 마음의 여유를 가지고 생활하고 정신적 가치를 추구하는 사람이 되어야 합니다. 속도의 시대, '마음'을 잃고, 속이 텅 비어 물질 속에 허우적거리는 허수아비와 같은 삶을 살아가는 사람들이 많습니다. 사는 일은 결코 쉬운 일이 아닙니다. 그러나 현실이 아무리 힘들고 어려울지라도 미래에 대한 희망을 가지고 생활한다면, 우리의 삶은 조금씩 진보할 것입니다. 여유 속에서 내일의 새로운 도약을 위한 힘이 축적되고, 인생의 참다운 향기를 맛볼 수 있습니다. 정말 바쁘고 정신이 없을 때 잠깐 멈추고 영혼의 소리를 들을 수 있어야 합니다.

저는 여러분과 교실에서 직접 만나 '우리는 어떻게 사랑하고 기뻐하며, 슬퍼하고 분노하며, 싸우고 연대하며, 뜨겁게 숨 쉬고 살아가야 할지' 서로 배우고 가르치고 싶었지만 계속된 원격수업으로 직접 만나지 못하고 여러분을 떠나 보내게 되었습니다. 그래서 아쉬운 마음으로 여러분에게 책 한 권씩을 선물합니다. 이 선물은 선생님의 개인적 인연, 즉 학교 동문, 후배, 동료, 제자들에 의해 마련된 것입니다. 여러분도 열심히 공부해서 여러분의 삶 자체가 지금은 누구인지 모르는 수많은 인연들에게 선물이 되기 바랍니다. 모교의 사랑은 멈추지 않습니다. Love will never end. 여러분 앞날의 행복을 기원합니다.

※ 졸업식 회고사는 흔히 돌이켜 생각한다는 회고사回顧辭로 잘못 알고 있으나, 본래 회고誨告는 따끔한 가르침의 말씀이라는 뜻입

니다. 국어사전에도 나오지 않는, 일제 강점기 시대의 용어로, 별다른 각성 없이 학교에서 여전히 쓰이고 있어 졸업사로 바꿔 쓰는 것이 좋겠습니다.

마음의 현絃

　지난 1월 14일, 2020학년도 학교평가회에서 선생님들의 말씀을 들으면서 마음의 현絃들이 튕기는 충만한 소리를 들었습니다. 평가회를 진행하는 방식도 다양하고, 평가회를 하지 않는 학교도 많지만, 올해같이 경험하지 못한 새로운 길을 걸어온 선생님들의 이야기를 날 것 그대로 듣고 계획의 성공과 실패담을 서로 나누고 싶었습니다. 나눈 이야기들이 서로에게 힘이 되고, 위로가 되고, 내년 교육계획에도 도움이 되리라 생각했습니다. 사업 중심으로, 부장님 중심으로 하던 기존의 방식이 아니라, 서클과 갤러리 워크gallery walk 방법을 활용하여 우리 모두, 한 사람 한 사람의 목소리를 모아 내 보려고 했습니다. 업무를 추가하는 방식이 아니라 관습적으로 행해지는 여러 교육 프로그램을 빼고 줄이는 방식으로 진행하려고 했습니다.

　준비했던 질문을 다 진행하지는 못했지만, 두 가지 질문에서 선생님의 교육 경험, 계획, 철학, 인간관, 이를 표현해내는 유머와 위트, 여유, 재미있는 비유를 들었습니다.

　저는 회의장에서 스물 몇 대의 현악기가 고유의 음색을 드러내며 울리는 멋진 연주 소리를 들었습니다. 몰랐던 부분을 알게 되고, 막연하게 느끼던 것들이 분명해지고, 약하게 느꼈던 것들의 실체를 확인하는 기회였습니다. 평상의 삶을 통해 조율된 선생님의 세계를 들여다보았습니다. 인격과 전문성에 대한 내공을 쌓기 위한 선생님의 노력과 결과를 확인하게 되었습니다.

이런 시간과 과정이 없다면 몇 년을 같이 근무하고도 서로 잘 알지 못한 채 잘 아는 것처럼 생각하고 헤어지게 됩니다. 각자의 현絃을 조율하고 연주하는 일은 개인으로서의 선생님 일입니다. 그러나 동시에 여러 사람의 현을 함께 모아 조화하고 균형을 잡는 일은 리더로서의 선생님 일입니다. 교장, 교감이나 부장만이 리더일까요? 아닙니다. 선생님이 바로 리더입니다. 여러분의 학급과 수업에 참여하는 학생들의 리더일 뿐만 아니라. 선생님이 담당하는 일에서 전체 직원을 지휘하는 리더입니다. 과거 우리는 오랫동안 학교 조직에서 교사 개인을 상수常數 또는 종속변수로만 생각하는 이론의 틀 안에서 사고하고 행동했습니다. 교사를 자유의지를 가진 독립변수로 상정하지 않으면 혁신과 창조의 과정을 상상할 수 없습니다. 어느 시인의 표현처럼 '누구도 자체로 오롯이 섬이 아니다. 모든 사람은 대륙의 조각이요. 본토'입니다.

평가회를 체크아웃 서클checkout-circle 식으로 운영하면서 많은 것을 배우고 깨달았습니다. 서로를 알 수 있는 학교의 인간적 규모에 다시 한번 감사했습니다. 2021학년은 선생님의 현絃들이 큰 소리로 조화롭게 학교에서 울려 퍼지기를 기대합니다. 선생님과 짧은 기간 만났지만 그래도 선생님을 좀 안다고 생각한 저는 얼마나 어리석은지요? 우리는 얼마나 알아야 '사람을 안다'고 말할 수 있을까요? 갑자기 만해의 '알 수 없어요'가 떠오른 것은 왜일까요?

　　바람도 없는 공중에 수직의 파문을 내이며 고요히 떨어지는 오동잎은 누구의 발자취입니까/ 지리한 장마 끝에 서풍에 몰려가는 무서운 검은 구름의 터진 틈으로 언뜻언뜻 보이는 푸른 하늘은 누구의 얼굴입니까/ 꽃도 없는 깊은 나무에 푸른 이끼를 거쳐서 옛 탑 위의 고요한 하늘을 스치는 알 수 없는 향기는 누구의 입김입니까/ 근원은 알지도 못할 곳에서 나서 돌 뿌리를 울리고 가늘게 흐르는 작은 시내는 굽이굽이 누구의 노래입니까/ 연꽃 같은 발꿈치로 가이 없는 바다를 밟고 옥 같은 손으로 끝없는 하늘을 만지면서 떨어지는 해를 곱게 단장하는 저녁놀은 누구의 시입니까/ 타고 남은 재가 다시 기름이 됩니다. 그칠 줄을 모르고 타는 나의 가슴은 누구의 밤을 지키는 약한 등불입니까

　　- 한용운, 「알 수 없어요」

청춘의 독서, 중년의 독서

학자는 물론, 교사에게 책 읽기는 필생의 과업입니다. 배우고 가르치는 일이 책에서 비롯되고 책이 매개하고 책으로 귀결되기 때문입니다. 책 읽기는 그러나 호락호락하지 않습니다. 쉬운 책 읽기도 있지만, 몇 번씩 읽으며 정독해야 하는 경우도 있습니다. 우리 글로 된 책을 읽는 독서가 일반적이지만, 전문적인 공부를 하는 사람은 원서를 읽어야 할 때도 있습니다.

지금은 웬만한 책들은 번역이 되고, 번역의 수준도 옛날과 달리 상당한 수준이 되어서 외국 도서를 읽는 데 어려움이 없지만, 언어가 되는 사람은 원서를 읽는 것이 좋습니다. 언어에 따라 느낌이나 표현이 다르니까요.

무슨 책을 읽을까도 중요한 문제입니다. 젊은 분들은 역사나 철학이나 사회과학 등 묵직한 책을 읽는 것이 좋습니다. 어려워도 다른 사람이 간추리거나 요약한 것들이 아니라, 유명 저자들의 저서를 직접 읽어보는 것이 좋습니다. 요즘 유명독서가, 또는 독서 작가들의 '넓고 얕은…'이나 '하루에 배우는…' 시리즈 같은 책들이 많이 나오는데, 남들이 읽고 짧게 정리해서 놓은 책들은 짧은 대화를 위해서는 몰라도 깊이 있는 삶의 변화를 위해 어떤 도움이 될지 모르겠습니다.

많이 읽는 것보다 깊이 읽는 것이 좋을 것 같습니다. 어려운 책은 전문가를 모시고 함께 읽는 것도 필요합니다. 이해의 수준이 다 달라서 서로 배우는 것이 많습니다. 예컨대「자본론」같은 책은 혼자 읽으면 이해하기가 어렵습니다. 사서삼경이나 노장의 책들은 한문으로 읽어야 하는데 강독자가 없으면 읽기가 쉽지 않습니다. 요즘은 서양 언어보다 한문 정통 연구자 찾기가 더 어렵습니다.

힐링 관련 책들과 자기계발서가 한때 대유행했던 적이 있습니다. 사회 구조적인 관심 없이 개인만 잘하면 되느냐는 비판도 따라오지만, 자기계발 자체는 중요한 문제이기도 합니다. 제가 읽은 자기계발서의 압권은「성공하는 사람들의 7가지 습관」입니다. 원제의 highly effective가 '성공하는'으로 번역되면서 그 뒤 수 많은 성공 시리즈가 등장했지만요. 우리나라에 성공의 압력과 갈망이 그만큼 많다는 증거이기도 하겠지요. 요즘은 출판 대중화로 너무도 가벼운 생활 주변의 소소한 에세이들이 많이 나오고 있네요.

책이란 모름지기 시기와 분위기와 목적에 따라 읽어야 하겠지요? 교사는 자기가 가르치는 교과와 관련된 책들만 아니라, 아이들에 관한 책 즉, 아이들의 생활, 관계, 심리 등에 관한 책, 아이들이 살아가야 할 미래의 이야기까지 읽어야 할 것들이 많습니다. 집에서 내 아이들과도 함께 할 일도 많은데, 교사로서 해야 할 일은 태산이고 참 어렵지요?

가끔 손녀의 동화책을 삽니다. 내 아이들의 동화책을 사던 때보다는 지금 동화책의 이야기나 그림 수준, 종류들이 많은 것에 깜짝 놀랄 때가 많습니다. 나이 들면서 책의 세계에 물러나고 싶다는 생각을 종종 합니다. 이제는 전문 서적이나 전투적인 책보다는 마음의 평화를 추구하는 책을 읽고 싶습니다.

교리와 주장에 매이지 않고 성경을 읽거나, 큰 세계를 개인주의적으로 바라보는 노장의 책들을 읽고 싶습니다. 말씀은 늘 묶이지 말고 바람처럼 구름처럼 자유로워지라고 가르치는데 현실은 늘 무슨 주의主義나 필요에 의해서, 구역과 건물로 제한받고 삽니다.

1학년 꾸러기 독서 동아리는 2회를 진행했는데, 5명 전원 합체가 잘 안 됩니다. 지난주 시작한 교사 독서동아리는 참 재미있고 귀한 시간이었습니다. 혹시 지금이라도 들어오실 분 계시면 두 손 들어 환영합니다. 방학 동안만이라도 편안하고 행복한 시간이 되시길.

새로운 아이들이 온다

교사의 전문성은 크게 보면 교과전공, 학습자, 전달 방법에 대한 세 가지입니다. 지금까지 교사의 전문성에 대한 논의는 교과전공를 중심으로 해온 게 사실입니다. 수학을 잘하면 수학교육도 잘한다는 식이었습니다. 교육 3주체를 말하면서도 교육 문제는 늘 교사를 중심으로, 지식교과를 중심으로 논의되어 왔습니다. 학생들의 능동적인 참여는 항상 수업의 전제조건이었고, 교사의 수업 전달은 의심할 것 없는 상수였습니다.

제 기억으로는 2000년대 전후를 시작으로 하여 아이들이 갑작스럽게 변했습니다. 아이들은 교육의 의미를 의심하고, 교사의 지도를 거부하고, 수업 시간에 이유 없이 돌아다니기 시작하였으며, 학교를 떠나는 탈학교현상脫學校現象이 생겨나기 시작하였습니다. 저는 이것을 '학교붕괴현상'이라고 진단하여 논문을 발표한 적이 있는데, 한동안 매스컴에서도 심각한 주제로 다루었습니다. '학교폭력'이 사회문제가 되어 학교를 떠나 사법적인 이슈로 자리매김한 것도 이때부터였습니다.

실제로 아이들이 살아가는 것을 미시적으로 관찰하면 어른들이 살아가는 세계와 크게 다릅니다. 아이들이 사는 세계는 미디어의 세계이고 현실과 가상공간을 오가고 있으며, 현실도 SF와 판타지

세계의 경계를 넘나들고 있습니다. 최근에 읽은 「새로운 어린이가
온다」(이재복, 출판놀이)라는 책을 잠깐 인용해 보겠습니다.

　"요즘 아이들을 디지털 시대 원주민이라고 부른다. 이 아이들은
디지털 세계의 본질인 가상세계, 이미지, 기호 세계를 있는 그대로
의 자연, 있는 그대로의 현실 세계로 받아들이며 살아간다. …(이
러한 문제는) 〈어린이든 어른이든 상관없이, 독서능력 저하라는
곧 머릿속에서 그림을 만드는 능력을 떨어뜨린다. 이러한 현상이
일어나는 까닭은 아마도 매체가 점점 더 시각화되기 때문일 것이
다. 시각적인 매체는 더 이상 사람들에게 어떤 종류의 상상력도 요
구하지 않는다. 그저 완성된 그림을 편안하게 실어 나른다.〉"(발췌
요약)

　그럼 어떻게 할 것인가? "능동적인 독자의 장려 방법은 '끊임없
이 TV 보기'에서 벗어날 수 있도록 학교가 대안을 제공해야 한다."
고 합니다. 이제는 TV 보기 정도가 아니지요. 핸드폰을 비롯하여
수 없는 매체 속에서 '움직이는 시각의 세계' 속에 살고 있는 아이들
을 끌어내는 방법은 결국 교사들의 수업 스토리텔링밖에 없을 것
같습니다. 아이들은 '이야기 밥'을 먹는다고 하지 않습니까? 교육은
어떤 형태로든 독서를 전제로 하기 때문에, 교사들은 새로운 아이
들에 대한 이해와 함께, 수업에서 스토리텔링 기법의 새로운 교수
법을 고민해야 한다는 말이 나오는 배경입니다. 이야기꾼으로서의

교사 역할이 중요하다는 것입니다. 한때 우리를 경악하게 했던 암흑 동시라 이름 붙여진 '학원 가기 싫은 날'이란 동시 기억하시지요?

"학원에 가고 싶지 않을 땐/ 이렇게// 엄마를 씹어 먹어/ 삶아 먹고 구워 먹어/ 눈깔을 파먹어/ 이빨을 다 뽑아 버려/ 머리채를 쥐어뜯어/ 살코기로 만들어 떠먹어/ 눈물을 흘리면 핥아먹어/ 심장은 맨 마지막에 먹어// 가장 고통스럽게"

극단적이지만, 이런 면도 있습니다. 이중구속에서 벗어난 건강한 의식이란 평도 있습니다. 아이들이 너무 빨리 변하고 있습니다. 교육생태계도 급변하고 있습니다. 우리는 이 변화에 따라가고 있나요? 히로카즈 감독의 일본판 기생충 〈어느 가족〉은 시대의 단면을 읽을 수 있는 명작입니다. 가족해체와 이른바 '정상가족'의 이면도 생각해 볼 수 있습니다.

마음의 습관

오랫동안 마음heart은 학문의 주목을 받지 못했습니다. 서양의 합리적인 사유방식이 지배하는 실증적 사회과학에서는 측정할 수 없는 마음의 작용 같은 것은 배제되고, 측정할 수 있고 설명할 수 있고 예측될 수 있는 것만이 학문의 영역에 포함되었습니다. 학문의 주제와 주체는 오로지 이성과 정신이었습니다.

그러나 사실은 마음이 우리의 삶을 지배하고 있고, 마음이 그리고 상상하고 기획한 대로 문명은 진화되어 왔습니다. 파커 J. 파머의 〈비통한 자를 위한 정치학〉을 선생님들과 함께 읽으면서 마음이야말로 민주주의 요체요, 정치의 기본바탕임을 확인할 수 있었습니다. 파머에 의하면, 마음은 "감정을 넘어서는, 정신mind만으로는 다다를 수 없는 심층적인 앎의 방식"을 말합니다. 마음을 통해 지성은 감성, 상상력, 직관 등과 통합될 수 있습니다. 마음을 통해 '따로따로'가 아니라 어떻게 '함께 세계를 생각'하는지를 배울 수 있고, 아는 대로 행동할 수 있는 용기를 얻습니다. 자아와 세계에 관한 지식을 온 마음으로 붙들어도, 마음이 부서져 흩어지는 경우, 분노, 우울, 이탈에 이르고, 마음이 부서져 열리는 경우, 새로운 삶으로 이어질 수 있습니다. 마음이 부서지고 깨져서 열린 사람들이 주축을 이룬다면, 평등하고 정의롭고 자비로운 세계를 위해 차이를 창조적으로 끌어안고 힘을 용기있게 사용할 수 있습니다(77쪽).

교육은 아이들의 마음의 습관을 조직하는 일이고, 정치는 가치 있고 정의로운 사회적인 목표를 조직해 나가는 일이어서 국민의 마음의 경향과 습관을 형성하는 기초로서 교육이 매우 중요한 역할을 수행하게 됩니다. 학문적 논의를 떠나 우리는 마음의 작용에 지배받고 영향받는다는 사실을 경험적으로 너무나 잘 알고 있습니다. 그러나 상대적으로 마음의 탐구와 훈련에는 등한시 해왔던 것도 사실입니다.

반면, 동양에서는 마음이 늘 학문과 종교의 주제였습니다. 성리학의 성性은 이성보다는 마음에 가까운 것이었고, 사단칠정론은 물론, 양명학은 좀 더 마음에 가까이 다가가고 있습니다. 불교는 '마음의 지혜'에 관한 큰 가르침으로, 선禪이나 명상은 마음을 들여다보는 행위입니다. 요즘 활발하게 주목받고 있는 '마음챙김 명상 mindfulness'도 순간순간 마음을 의식하려고 노력하는 수행 방법입니다. 원불교의 마음공부나 용타 스님의 '동사섭同事攝' 프로그램도 마음 나눔과 마음 관리가 주를 이루고 있습니다. 회복적 대화 모임이나 비폭력대화NVC도 결국 상대방의 내밀한 마음을 들여다보고 적절하게 반응하려는 노력이라고 할 수 있습니다. 학문 또는 종교에서의 마음의 작용은 교육과 정치 등 현실 문제와 결코 유리되어 있지 않습니다. 마음을 잘 써야用심用心 상대를 편안하게 할 수 있고 함께 잘 살아가는 길을 열어 줄 수 있습니다. 교사들의 마음가짐과 마음씀이 아이들을 편안하게 하고 아이들의 앞길진로을 열어 줄 수 있습니다. 교사들의 교육적 마음씀과 배려의 행동이 교육의 기초가 됩니다.

지난주에 이어 히로카즈 감독의 영화 한 편을 더 소개합니다. 〈아무도 모른다〉. 요즘 연이어 아동학대 소식이 주요 뉴스가 되고 있습니다. 아이들, 가족 관계, 교육 문제를 비롯하여 이미 우리는 노 노멀no normal의 시대와 공간에 살고 있는지 모르겠습니다. 경험하지 못한 시대에 새로운 명절을 맞습니다. 집안의 온 식구가 밥상에 둘러앉아 덕담과 축복을 해주던 노멀normal을 넘어 가족의 모임을 제한하고 작은 단위의 가족들만 모이는, 또는 모이지 않는 뉴 노멀new normal 또는 노 노멀no normal의 명절을 맞음에도 불구하고 행복한 새해 그리고 사랑하는 가족과 함께 설 명절을 보내시길 빕니다.

환대, 사람의 조건

"사람이라는 것은 어떤 보이지 않는 공동체 안에서 성원권을 갖는다는 뜻이다. 즉 사람임은 일종의 자격이며, 타인의 인정을 필요로 한다. 이것이 사람과 인간의 다른 점이다. 인간이라는 것은 자연적 사실의 문제이지, 사회적 인정의 문제가 아니다. 어떤 개체가 인간이라면, 그 개체는 우리와의 관계 바깥에서도 인간일 것이다. 반면에 어떤 개체가 사람이 되기 위해서는 사회 안으로 들어가야한다. 사회가 그의 이름을 불러주어야 하며, 그에게 자리를 만들어주어야 한다."

　-「사람, 장소, 환대」, 김현경, 문학과지성사

선생님, 사람과 인간이 다르다는 이 말, 사람과 인간이 다른 개념이라는 이 말이 이해가 되나요? 우리는 인간이되, 사람이 아닐수 있다고 합니다. 섬바디somebody이거나, 섬바디이면서 노바디nobody이거나, 그냥 온전히 노바디일 수도 있습니다. 우리는 어디에서는 사람인데 어디에서는 그냥 인간일 때가 있습니다. 직업을찾는 청년들은 집이나 친구들한테는 사람이지만 직업 세계에서는그냥 인간일 뿐입니다. 우리가 어디에 소속되지 못하거나, 소속되어 있어도 그 공동체 구성원들의 인정을 받지 못하면 그냥 인간에 불과할 수 있습니다. 외국인이나 난민이 그런 사람일 수 있습니다. 핵심은 사람의 조건이 인정認定과 환대歡待hospitality라고 하는 것입니다.

2월은 우리 교직계는 사람이 오고 가는 계절입니다. 떠나는 일은 늘 아쉽고 서운한 일입니다. 또 새로 오시는 분들은 어색하고 좀 뻘쭘한 일이고, 학교에 남아 새로 오시는 분들을 맞는 사람들 역시 처음에는 좀 불편하고 어색합니다. 좋게 생각해 보면, 이런 어색한 새로운 만남을 통해서 우리는 개인적으로나 학교조직 입장에서 기존의 관행과 자기 상식에서 벗어나고 한 차원 다른 단계로 도약할 수 있습니다. 평상시 자각하지 못했던 개인과 학교의 소극적 자세나 타성도 고칠 수 있습니다.

생각해 보면, 낯선 자로부터 얻는 이익이 많습니다. 문명의 대전환은 낯선 자들, 낯선 민족끼리의 만남 또는 충돌에서 비롯되었습니다. 학교 변화와 혁신의 영감도 다른 학교에서, 우리와 다르게 생각하고 다르게 실천해 오신 전입 교사 선생님들에게 올 수도 있습니다. 저같이 고전적인 세대의 사람은 젊은 세대의 선생님들로부터 많은 배움을 받게 됩니다. 다행히 올해는 날이 새파랗게 든 20대 젊은 선생님들이 여러 분 오시게 되어 참 좋습니다. 10대의 학생들과 함께 20대부터 60대의 선생님들이 서로 환대하는 가운데 우리 학교 하늘에 펼칠 일곱 가지 무지개 쇼를 기대해 봅니다.

새로 오신, 낯선 선생님들을 정중하고 따뜻하게 환영하고 환대해주시면 좋겠습니다. 낯선 자를 환대하라는 것은 여러 종교의 계율이면서, 우리 고유의 전통이기도 했습니다. 모르시는 분은 한 분도 안 계시겠지만, 정현종의 '방문객'을 다시 한번 읽어봅니다.

사람이 온다는 건/ 실은 어마어마한 일이다/ 그는/ 그의 과거와/ 현재와/ 그리고/ 그의 미래와 함께 오기 때문이다/ 한 사람의 일생이 오기 때문이다/ 부서지기 쉬운/ 그래서 부서지기도 했을/ 마음이 오는 것이다 - 그 갈피를/ 아마 바람은 더듬어 볼 수 있을/ 마음/ 내 마음이 그런 바람을 흉내 낸다면/ 필경 환대가 될 것이다

선생님, 서로의 뜨거운 환대가 우리 학교를 한 단계 높여 주리라 믿습니다. 절대 환대.

인연

이 밤이 지나면 한동안 뵙지 못할 선생님들 앞에서 가슴이 먹먹해집니다. 짧은 기간이었지만, 지난 한 학기 동안 정이 많이 들었습니다. 길게는 9년, 적게는 1년 우리 학교에서 고생하다 떠나시는 선생님들, 또 남아서 저와 함께 또 수고를 마다하지 않으실 선생님들, 농부의 발소리를 듣고 벼가 자라듯, 아이들은 선생님들의 눈물을 머금고 자랍니다.

아이들과 부모들이 알든 모르든, 선생님들의 한숨과 눈물과 수고 없이 어찌 아이들 마음의 키가 한 뼘이라도 자라겠습니까? 선생님, 그동안 정말 수고 많으셨습니다. 깊이 감사드립니다. 사는 일이란 모름지기 만나고 헤어지는 것이라고는 하지만, 헤어짐의 상황에서 섭섭한 마음이 이는 것은 어쩔 수 없는 것 같습니다. 우리 학교에 마음을 두고 가시는 선생님들의 입장을 헤아려 보면서 섭섭한 마음 억누르고 다시 한번 '인연'을 생각합니다. 사람끼리의 정은 세월의 길이보다 접촉의 깊이가 중요한 것 같습니다. 사람의 모든 일이 인연에서 일어나고 사라지는 것이라고 현자께서 가르치십니다만, 앞으로도 선생님과의 인연을 소중하게 생각하고 살겠습니다.

쓸쓸할 때, 일에 지쳐 힘들 때 우리 학교에서 우리와 함께 했던 시간을 돌아보세요. 한 번 쉼을 찾아 놀러 오시면 우리 선생님들과 함께 반갑게 맞이하겠습니다. 헤어짐의 강물 소리가 심장을 한 바퀴 휘몰아치다 사라지는 2월의 마지막 날입니다.

꽃이 꽃을 향하여 피어나듯이/ 사람과 사람이 서로 사랑하는 것은/ 그렇게 묵묵히 서로를 바라보는 일이다// 물을 찾는 뿌리를 안으로 감춘 채/ 원망과 그리움을 불길로 건네며/ 너는 나의 애달픈 꽃이 되고,/ 나는 너의 서러운 꽃이 된다// 사랑은 저만치 피어 있는 한 송이 풀꽃/ 이 애틋한 몸짓/ 서로의 빛깔과 냄새를 나누어 가지며/ 사랑은 가진 것 하나씩 잃어 가는 일이다// 각기 다른 인연의 한끝에 서서/ 눈물에 젖은 정한 눈빛 하늘거리며/ 바람결에도 곱게 무늬지는 가슴/ 사랑은 서로의 눈물 속에 젖어 가는 일이다// 오가는 인생길에 애틋이 피어났던/ 너와 나의 애달픈 연분도/ 가시덤불 찔레꽃으로 어우러지고. // 다하지 못한 그리움/ 사랑은 하나가 되려나/ 마침내 부서진 가슴 핏빛 노을로 타오르나니// 이 밤도 파도는 밀려와/ 잠 못 드는 바닷가에 모래알로 부서지고/ 사랑은 서로의 가슴에 가서 고이 죽어 가는 일이다

  - 문병란, 「인연 서설」

이선희 노래, 인연, 그중에 그대를 만나 https://youtu.be/xkKo2nD8RTE

귀 기울여 물소리를 듣습니다. 사랑하고 존경합니다. 행복하십시오. 인연에 감사합니다.

봄, 꽃은 열매를 바라고

"너처럼 살고 싶었다

푸른 빛 맨몸을 던져

순간에 온 산을 덮고

햇빛 찰랑이는 이파리를 흔들며

무릎 아래 도란도란

새끼들을 키우며 살고 싶었다"

〈참나무처럼〉

'강건너'에는 무엇이 있을까요?

　우리 학교 184명 신입생의 입학을 축하하며 진심으로 환영합니다. 학교를 믿고 아이를 보내주신 학부모님들께도 감사드립니다.

　오늘 여러분의 입학을 맞이하면서 제가 중학교 입학하던 시절을 잠깐 돌아보게 됩니다. 참 까마득한 시간입니다. 그해는 중학교 입학시험이 없어지고 모두에게 중학교 문호가 개방되었음에도 불구하고, 우리 초등학교 학생의 절반 정도만이 진학하던 시절이었습니다. 모두가 가난한 시절이었습니다. 웬만한 시골에서는 버스가 없던 시절이라 학생들은 대부분 걸어 다녀야 했습니다. 자전거는 사치품이었습니다. 4km를 걸어가 나룻배를 타고 강을 건너 다시 4km를 더 걸어 학교에 갔습니다. 이렇게 아침 저녁으로 3년 동안 걷기를 반복하면서 중학교를 졸업했습니다. 당시 우리는 읍내를 '강건너'라고 불렀는데 하루 왕복 16km를 걸어 중학교에 다니면서도 우리는 꿈을 꾸었습니다. 가난과 무지로부터 벗어나기를, 좀 더 큰 세계에서 자유와 가능성을 얻어 잘 살 수 있기를 소망했습니다. '강건너'라는 새로운 세계에 나가기 위해서는 작지 않은 두려움이 없지 않았지만 그래도 용기를 잃지 않고 살았습니다. 이제 우리나라는 가난한 나라가 아닙니다. '우리도 한번 잘 살아보세' 노래 부르며 내핍과 절약을 외치는 시대도 아닙니다. 오히려 풍요 속에

길을 잃어버린 나라가 되었습니다. 나라는 풍요로워졌는데 여기저기 불평등과 불공정에 대한 불만이 아우성치고 있습니다.

이제 여러분은 하나의 강을 건너 우리 학교에 왔습니다. 여러분의 '강건너'는 무엇일까 생각해 봅니다. 여러분 앞에는 앞으로도 건너야 할 강들이 수없이 놓여 있습니다. 그 강은 꿈꾸는 자만이 건널 수 있습니다. 여러분, 여러분의 '강건너'에는 무엇이 있을까요? 상상해 봅시다. 상상해야 가질 수 있습니다. 상상한 것만큼 성취할 수 있습니다. 꿈꾸는 것은 여러분의 특권입니다. 여러분의 꿈은 각자 다 다를 것이고 나로서는 그 꿈들을 다 헤아릴 수 없지만, 나와 사회를 위해서 아름답고 멋진 꿈을 꾸시기 바랍니다. 이 자리에서 여러분의 꿈을 이루기 위해 가져야 할 몇 가지 자세를 생각해보겠습니다. 여러분이 살 세상은 여러분의 할아버지나 부모 세대와는 다를 것이므로 삶의 길에 대한 처방도 다를 수밖에 없습니다.

첫째, '모난 돌'을 두려워하지 마십시오. 속담에 모난 돌이 정 맞는다고, 옛날에는 특별한 개인성을 장려하지 않았습니다. 두리뭉실하게 묻어가는 것이 처세의 기본이었습니다. 이제 창의성의 시대입니다. 여러분만의 특별한 장점을 찾아 갈고 닦아야 합니다.

둘째, '낯선 것'을 사랑하십시오. 퍼시비어런스Perseverance호에서 보낸 화성의 바람 소리를 듣고, 로봇이 우리를 돌보는 시대입니다. 익숙한 길을 벗어나야 새로운 길이 열립니다. 옛말에 망아지는 제주도로 보내고 사람은 서울로 보내라는 말이 있었습니다만, 여러분이 가야 할 곳은 외국의 낯선 도시일 수도 있고., 극지방이나 다른 별일 수도 있으며, 우리나라라고 하더라도 꼭 서울이 아니라 궁벽한 시골일 수도 있습니다. 여러분이 함께 살 사람은 우리나라 사람만이 아니라 낯선 외국인일 수도 있습니다. 낯선 곳, 낯선 일, 낯선 사람과 세계에 방어벽을 치고는 삶 자체가 가능하지 않은 시대입니다. 어디에 누구와 있든지 장소와 공간과 사람에 매이지 않기를 바랍니다. 여러분이 갖추어야 하는 것은 열린 마음입니다. 큰길만을 고집하지 말고 샛길도 길이라는 사실을 명심하기 바랍니다.

셋째, '한 우물을 파지 말라'고 말하고 싶습니다. 전통적으로 한 우물을 파야 성공할 수 있다고 가르치고 배웠습니다. 이제 시대가 달라졌습니다. 하나의 직장에서 살 수 있는 시대도 아니고, 하나의 직업으로 평생을 살 수 있는 세상도 아닙니다. 그래서 학교에서 폭넓게 공부하고 경험하면서 끊임없는 진로 탐색의 시간을 가져야 합니다. 중학교 1학년에 자유학년제를 실시하는 이유이기도 합니다. 덴마크 같은 나라에서는 중학교나 고등학교를 졸업하고 상급 학교에 가기 전에 1년 동안 에프터스콜레(인생학교)에서 여러 가지 진로를 탐색하기도 합니다.

넷째, '함께 꾸는 꿈'은 아름답습니다. 혼자 꾸는 꿈은 쉽게 깨지고 스러질 수 있으나, 함께 꾸는 꿈은 현실이 됩니다. 그래서 우리에게는 친구가 필요하고 선배가 필요하고 선생님이 필요합니다. 선배와 선생님들은 한때 꿈을 꾸었고, 또 실패와 성공을 경험했고, 지금도 자신의 꿈을 실험하는 사람들입니다. 그분들의 꿈과 실패와 성공으로부터 배우면서 우리 함께 멋진 내일을 만들어 갑시다.

　다섯째, '감사하라'고 말하고 싶습니다. 성공하는 삶의 확실한 비결은 감사하는 일입니다. 우리 삶의 주변에는 슬프고 힘들고 불평하고 원망할 일이 넘칩니다. 불평과 원망은 여러분의 삶을 갉아 먹습니다. 원망과 저주의 순간에도 감사할 일을 하루에 한가지씩 찾아서 일기에 적어 보십시오. 날마다 감사의 일을 하나씩 더 늘려가십시오. 삶에 빛이 들 것이며 여러분의 삶은 하루하루 나아질 것입니다.

　2000년 전 철학자 랍비 힐렐은 "만일 내가 자신을 위해 존재하지 않는다면, 누가 나를 위해 존재할까? 만일 내가 오로지 나만을 위해 존재한다면, 나라는 존재는 대체 무엇인가? 지금이 아니라면 우리는 언제 삶을 사는가"라는 화두를 우리에게 던졌습니다. 여러분이 평생을 두고 탐구할 문제가 바로 〈나, 우리, 지금〉입니다.

　나태주 시인의 "많고 많은 사람 중의 그대 한 사람 이제는 내 가슴에 별이 된 사람"이라는 시구를 여러분을 환영하는 말로 인용합니다. 여러분은 세상의 많고 많은 사람 중의 딱 그 사람, 신 앞에서 선 홀로 한 사람(단독자)으로서 귀중한 단 한 명의 사람입니다. 그래서 교장 선생님은 이렇게 귀중한 여러분이 부모님, 또는 누군가 한 사람의 가슴의 별이 아니라 세상과 이웃의 빛이 되기를 바라면서 '이제는 세상의 빛이 될 그대여!'라고 약간 바꾸어 말하고 싶습니다. 소중한 한 사람, 세상의 빛이 되어야 할 여러분을 위해 교장을 비롯하여 우리 학교 선생님들은 이렇게 다짐합니다. 첫째, 공감하며 존중하기. 둘째, 믿음을 갖고 기다려주기. 셋째, 웃으면서 이름 부르기. 넷째, 편견을 갖지 않고 경청하기. 다섯째 긍정적인 변화를 찾아 칭찬하기.

여러분이 하나의 강입니다. 꿈을 싣고 흐르는 184개의 강물이 함께 노래 부르고 덩실덩실 춤추며 여러분과 함께 한바다, 한세상을 이루는, 꿈을 꾸는 행복한 아침입니다. 우리 선생님들이 여러분의 꿈 바다의 장정에 동행하겠습니다.

다시 꿈꾸는 3월에

부지런을 떨며 2월부터 신학기를 미리미리 준비한다고는 했지만, 이번 주 모두 정신없었지요? 3월 첫 주는 원래 학교에서 가장 바쁜 시간입니다만, 특히 교사로서 처음 학기를 맞는 우리 새내기 선생님들은 이 분주함과 정신없음은 도대체 무엇일까 하는 생각을 한 번쯤 해보았으리라 생각됩니다. 저는 28살에 처음 교사가 되었습니다. 복학하고 졸업했기에 적지 않은 나이에 발령을 받았지만, 교단에 서는 일은 늘 떨리고 두려운 일이었습니다. 당시에 선배 교사들이 이러저러한 교직 실무를 친절히 가르쳐 주었던 것처럼, 옆에 계신 친절한 우리 선생님들이 학교와 교육 제반의 실제와 실천적 문제들을 잘 가르쳐주시리라 믿습니다. 다만 교육에 대한 철학만큼은 본인이 기초를 잡아가셔야 합니다.

다시 시작하는 3월에, 다시 새롭게 만나는 아이들과 함께 우리 선생님들 모두 자신의 교육철학과 교직자로서의 태도를 다시 한번 점검해 주시면 좋겠습니다.

저는 지금도 부끄러운 선생이지만, 초임 때부터 지금까지 붙잡고 살아온 세 가지 다짐이 있습니다. 1. 누가 잘한다고 칭찬하더라도 우쭐거리지 말라. 2. 누가 어떠한 비난과 압박을 하더라도 내 소신이 옳다고 확신하면 결코 주눅 들거나 물러서지 말라. 다만 몇 번을 더 생각하라. 3. 내가 가르친 학생이 잘되어 꽃과 같이 피어나더라도 그 영광은 꽃과 세상의 것이니 열매를 스스로 거두려 하지 말라. 잘한다는 칭찬보다는 비난과 핍박을 더 많이 받고 살아왔지만, 그래도 옛 선생이라고 가끔씩 만나는 50 넘은 나이 든 아이들이 있어 위안으로 삼고 있습니다.

다시 시작하는 3월에 선생님께 세 가지 부탁을 드립니다. 첫째, 무엇보다도 아이들이 선생님의 진정성을 느낄 수 있는 '선생님'이 되시기 바랍니다. 둘째, 한 학기를 마쳤을 때, 아이들의 마음속에 무엇이 남을까를 염두에 두면서, 자연적, 우연적 성장이 아니라 교육적 의도를 가지고 '계획과 방향'을 도모하시기 바랍니다. 셋째, 일과 상황에 정신없이 매몰되지 말고 본인의 의도와 목표대로 일과 상황을 이끌어 가시기 바랍니다. 물결에 휩쓸리지 말고 선생님의 의지로 물길을 가르고 돌파해 나가야 합니다.

한 일은 없는데, 시간은 너무 빨리 가는 지금, 교직의 지난날을 돌아보면 후회와 가슴 아픈 일이 너무 많습니다. 그래서 저는 요즘에 주로 반성문을 쓰고 지냅니다. 저는 반성문을 쓰지만, 선생님은 희망의 계획서를 써나가시기 바랍니다. 요새 쓴 반성문의 하나입니다.

수업 시간에 하품이나 하고 앉아 있는 것은/ 제가 한심한 하품下品이오라고 말하는 거라고/ 한때 아이들을 다그치며 다잡은 적이 있었다// 진리는 마치 맹목성의 교과서에 있고/ 질서가 행복을

괴고 있는 것처럼 믿었던/ 철없는 어린 선생이었을 때의 일이었
다// 하품 한 번 할 순간에 인생이 다 지나고/ 하품을 견디고 그때
나보다 훨씬 어른이 된/ 아이들을 만나서 속없이 떠들다가// 먼 산
이 성큼 마을에 내려와 앉은/ 눈 내린 아침의 느닷없는 각성처럼/
술잔 아래 가라앉는 말들을 보며 알았다// 엊저녁 밤샌 알바의 눈
꺼풀 무게에도/ 하루종일 의자에 매여 있던 것이/ 학교를 참아준
것이었음을// 책상에 엎드려 자지 않고/ 졸린 눈 비벼가며 앉아 있
던 것이/ 그나마 후한 선생 대접이었음을// 쓰잘데없는 것들 떠들
던 내 가벼움에 비해/ 가르치는 일이란/ 얼마나 무겁고 겁나는 일
이었는지// 이 아이들이 살아갈 세상을/ 어찌해야 하는지/ 제대로
한 번도 생각해 보지 않았다는 것을

  - 전종호,「하품」

시작의 시간, 3월에 다시 희망을 품습니다. 선생님의 활기찬 봄
날을 응원합니다.

이야기를 만들어가는 교육

요즘 주말에 80년 전후에 출생한 젊은 작가들의 작품들을 집중적으로 읽었습니다. 거시적이고 사회적 문제를 다루는 이전의 60, 70대의 작가들하고는 달리, 장강명을 비롯하여, 윤이형, 김금희, 김애란, 최은영의 작품들을 읽으며, 미시적인 일상의 문제에 대한 탐구랄까, 새롭게 등장하는 주제들의 발견이랄까 눈에 띄는 것들을 짚으며, 한편, 도대체 이 '이야기 세계'의 끝은 어디일까, 그 무궁무진함을 다시 한번 생각하게 됩니다.

서양에서는 호메로스 이후에, 우리나라에서는 단군 신화 이후에, 헤아릴 수 없이 수 많은 이야기들이 만들어지고 있음에도 불구하고, 끝없이 이야기가 생산되고 유포되고 소비되는 이 현상은 무엇인가 생각해 보았습니다. 결국은 사람의 삶이 이야기이기 때문이 아닐까 합니다. 삶 자체가 경험적 서사敍事, 내러티브이기 때문에 이 경험적 서사를 바탕으로, 일어날 것 같은 허구적 서사가 소설이라는 형태로 나타나는 것이 아닐까 생각해 보면서. 스토리메이킹, 스토리텔링이 사람의 몸속에 내재한 것이라는 것을 깨닫게 됩니다.

사람은 각자의 이야기를 만들며 삽니다. 그런데 교사는 자기 이야기를 만들어가는 과정에서 아이들의 삶의 스토리를 만들어가는 과정에 개입하게 됩니다. 가르치는 아이들의 삶이 풍요로울수록 교사의 삶의 이야기가 풍요로워지는 것이 일반인과의 차이점이라고 할 수 있습니다.

아이들이 세상을 볼 수 있는 안목을 갖게 하는 일, 가슴 속에 삶에 대한 따뜻한 태도와 용기를 갖게 하는 일, 지식과 기술, 역량을 아이들 손안에 쥐어주는 일, 체력과 불굴의 의지를 심어주어 아이들로 자신의 삶을 살아가고 자신의 이야기를 할 수 있도록 하는 것이 교사인 우리가 해야 할 일이 아닐까 생각해 봅니다. 아이들도 이야기라는 형식 속에서 사고하고, 말하고, 나름대로 삶의 의미를 추구하고 있으므로 아이들의 이야기를 잘 들어보면, 아이들의 문제가 보이고, 가족 상황이 보이고, 고민의 흔적이 보이고 나름 문제를 해결하려고 애쓰는 모습이며, 추구하는 세계와 꿈을 볼 수 있습니다. 이야기를 통해 문제를 보고 이야기를 통해 꿈을 키워나갈 수 있다면, 교육이라는 것이야말로 이야기를 만들고 말하는 과정이라고 할 수 있습니다,

경험의 속성을 상황, 상호작용, 연속성으로 범주화한 존 듀이John Dewey의 입장에 따라, 내러티브 연구자들은 이야기의 속성을 시간성, 사회성, 장소를 탐구의 영역으로 설정하고 있습니다. 이제 새로운 공간에 오셨습니다. 이전의 사람과 장소와 시간이 아니라, 이 시간 선유리라고 하는 공간에서 만나는 아이들을 중심에 두고 이 아이들의 삶을 살펴보고 대화해 가시기 바랍니다. 내러티브 연구자들은 1) 이야기를 살아가기living 2) 말하기telling 3) 다시 말하기

retelling 4) 다시 살아가기reliving라는 단계로 나누어 사람들의 삶을 탐구하고 있습니다. 1), 2) 단계가 일상의 단계라면 3), 4) 단계는 교육, 상담 및 치료의 단계라고 할 수 있습니다.

교사는 1) 본인의 이야기를 만들어가는 동시에 2) 아이들의 이야기를 만들어가는 과정에 개입하게 되고 3) 그 과정에서 아이들의 내러티브를 탐구하시는 분이십니다. 올 한 해도 선생님께서 풍성한 삶의 이야기, 아름다운 교육 이야기를 만들어 가시길 빕니다.

제가 읽은 가장 훌륭한 서사 중의 하나는 이문구 선생의 「관촌수필」입니다. 수려한 문장과, 풍부한 이야기와 아스라이 잊혀 가는 것들에 대한 추억을 되살릴 수 있습니다.

눈코 뜰 새 없는 이 시절에도 학교 화단에 매화가 피었습니다. 잠깐 시간을 내어 봄을 맞는 망중한을 즐기시기를 바랍니다.

학교의 빛깔, 교사의 향기

창밖의 나무에 꽃이 피었습니다. 겨우 내내 있는 듯 없는 듯 존재했던, 있어도 보지 못함으로 존재하지 않았던 나무가 꽃을 피우니, 아하 여기에 나무가 있었구나, 아뿔싸, 이 나무가 추운 한겨울에도 결코 향기를 팔지 않는다는 그 매화였구나 하는 인식과 함께, 지난 겨울 선암사 홍매를 몹시 그리워했었다는 기억의 각성과, 아름다움과 진리는 지근至近의 거리에 있다는 깨달음이 동시에 밀려옵니다. 마치 정원 뒤뜰에 매화를 가진 듯 바라보는 심정에 말년에 웬 호사인가 싶기도 하여, 혼자 보기에 아까워 아이들을 매화나무에 앞에 불러모으기도 합니다. 사무실 너머 창문으로 비치는 매화를 바라보는 기쁨을 선생님과도 함께하고 싶습니다.

하루하루가 다르게 꽃의 가지 수가 많아지고, 크기가 달라지고 색깔과 향기가 깊어지는 매화를 보며 학교의 빛깔과 향기를 생각하는 것은 저의 직업병이 아닐지 모르겠습니다. 학교는 그 학교가 그 학교 같고 겉으로 보면 뭐 크게 다른 점이 없습니다. 일자형의 몰개성적인 건물과 운동장, 스무 평의 교실, 몇십 년이 지나도 변하지 않은 책상과 걸상, 값싼 수목들과 화훼들로 가득 찬 맹목적인 화단과 가꾸어지지 않는 무성의, 아이들의 생활 세계에서 이미 사문화된 교훈校訓, 도시에서 농촌까지, 서울부터 제주까지 똑같은 전국 공통의 교육과정, 표준적인 교수 방법, 스트레오타입 같은 교직원 업무 및 수업체계, 이런 것을 두고 교육학에서는 학교의 표면적 구조 surface of structure라고 합니다. 이런 면에서 학교는 똑같습니다.

그러나 학교를 자세히 들여다보면, 사람이 그러하듯이, 똑같은 학교는 하나도 없습니다. 살아있는 것 같은 학교가 있고, 미동도 없이 죽어 있는 학교도 있습니다. 관습대로 또는 매뉴얼대로 최소한으로만 기능하는 학교도 있고, 되든지 안 되든지 끊임없이 무언가를 시도하는 학교도 있습니다. 교장 혼자서 만기친람萬機親覽으로 악다구니를 쓰나 교사 다수는 방관자로 존재하는 학교가 있는가 하면, 교장은 없는 듯 있는 듯하면서 교사들이 소리 없이 주도하고 협조하면서 잘 돌아가는 학교도 있습니다. 학교의 차이는 결국 학교 문화school culture의 차이에서 기인합니다. 학교문화는 학교의 교육목표를 내면화하고 형식적, 비형식적인 상징을 통해서 실행 방법을 구체화해가는 마음의 습관을 말합니다. 학교문화는 하루아침에 이루어지지는 않습니다. 구성원 상호간의 부대낌과 깎임과 속상함을 통하여 서로스며듦삼투이 있어야 가능한 일입니다. 이러한 학교문화를 학교의 심층적 구조deep structure라고 합니다.

오늘은 코로나로 집중적 토론을 거치지는 못했지만, 몇 번의 부서회의와 직원회의와 토론 등 우여곡절을 겪으며 확정된 학교의 목표체계를 잠깐 말씀드리려고 합니다. '스스로 더불어 성장하는 교육공동체'라는 학교의 비전 아래 '자율성과 공동체성으로 성장하는 행복교육'을 학교의 목표로 결정하였습니다. 이 학교 목표를 달성하기 위하여 1학년은 '미래를 준비하는 너, 나, 우리 선유공동체', 2학년은 '존중과 배려가 있는 자율공동체', 3학년은 '따로 또 함께 척척! 착착!'으로 정하고 하위 과제를 제시했습니다. 이 목표들을 달성하기 위한 노력중점 사업으로 정한 것이 '학교자치'와 '학력 정상화'입니다. 선생님과 아이들의 마음속에 학교 목표가 녹아들 때 학교문화가 됩니다. 학교문화가 학교의 빛깔이 되고, 학교문화가 스며들어 우리 마음과 몸에 젖어야 교사와 아이들의 향기가 됩니다. 어물전에 갔다 오면 비린내가 나고 향수 가게에 다녀오면 향기가 난다고 하지요. 향기 이야기하다 보니 알 파치노 주연의 〈여인의 향기〉라는 영화가 생각납니다. 여인들의 비누향기에 민감한, 몸과 성격에 장애를 가진 퇴역군인이 자기를 돌보는 학생과의 인격적 접촉을 통해서 새사람이 되는 얘기로, 아름다운 탱고 한 장면이 오래오래 기억되는 사람의 향기가 결론인 영화입니다. 우리 학교문화를 통한 교사와 학생의 변화를 기대합니다. 매화 향기 가득한 봄날, 우리 학교의 빛깔과 향기가 널리 퍼지를 빕니다.

백지장 한 장 맞들듯이

안녕하세요? 요즘 날씨가 참 좋죠? 봄이라서 행복합니다. 우리 학생과 학부모님들의 세계와 가정에도 이런 행복한 봄날이 죽 이어지길 빕니다.

존경하는 학부모님,

우리 학교는 올해 교육의 질을 개선하기 위해 교육계획을 근본적으로 혁신했습니다. 새로 설정한 '스스로 더불어 성장하는 선유중학교'라는 비전에 따라 학교는 '스스로'와 '더불어'의 정신으로 운영될 것입니다. 학력 정상화를 통한 기초학력 완전습득, 우수 학생의 수월성 추구, 전체 학생들의 사회적, 정서적, 심리적 안전성을 도모하고, 학습 방법, 학급 및 학교 운영에 있어 민주주의를 정착시키려고 노력하겠습니다.

또한 학교 건물 내외의 완벽한 보수와 정리, 운동장과 수목, 학습정원 조성 등 교육환경 개선에 힘쓰겠습니다. 코로나 상황이 걱정입니다만, 학교는 강력한 건강/보건 교육, 열 화상기를 통한 예방, 급식실과 교실의 가림막 설치, 정기적인 방역 활동, 방역 보조 인력의 채용을 통해 코로나가 없는 안전한 학교가 되도록 적극 노력하겠습니다.

아이들을 학교에 보내시면서 여러 가지 걱정이 많으시지요? 확신하건대, 우리 선생님들을 100% 신뢰하셔도 좋습니다. 저는 우리 선생님들께, 선생님 자녀들이 다니는 학교에서 아이들이 대우받기를 기대하는 것만큼 우리 아이들을 대우하라고 시간이 있을 때마다 부탁드리고 있습니다. 우리 선생님들, 실제로 그렇게 하고 계십니다.

오늘 이 저녁에 우리 학부모님들께도 똑같이 주문하겠습니다. 여러분의 형제자매가 학교의 교사라고 했을 때 여러분의 형제자매가 근무하는 학교의 학부모들이 내 언니, 오빠, 동생에게 대우해 주기를 기대하는 것만큼 정중하게 대해주시기 바랍니다.

불교에서 도반이라는 말이 있습니다. 길을 함께 가는 길벗이라는 의미입니다. 길을 함께 가기 위해서는 목표가 같아야 하고, 서로 신뢰해야 하며, 작은 차이는 극복하고 대동의 마음을 가져야 합니다. 교육은 돈을 주고 사고파는 상품과 다릅니다. 교사와 학부모의 협업, 협력 없이는 이루어질 수 없습니다. 자녀의 학습권의 권리자가 누구인가 하는 논쟁이 아니라, 어떻게 협조해서 아이들을 잘 키울 것인가가 중요합니다.

존경하는 학부모님, 우리 학교에 아이들 잘 보내셨습니다. 저희들이 우리 새끼들 키우는 것처럼 아이들 섬기며 열심히, 잘, 키우겠습니다. 고맙습니다.

도반이 된다는 것

엊그제 학부모 총회 인사말에서 저는 학부모를 교사의 도반이라고 표현했습니다. 지금은 교육을 생태계로 보기 때문에 교육의 주체를 특별히 따지지 않지만, 전에는 교육의 3주체의 하나로 학부모를 말했고, 지금도 학생의 보호자로서 학부모는 교육의 실질적인 주권자입니다. 물론 교사에게 학부모는 항상 어려운 숙제 같은 존재입니다.

교육을 문화의 전달transmission로 보던 과거의 교육 정의定義 방식에서는 교사의 권한과 전문성을 교육의 중심에 두었지만, 교육을 미래의 준비preparation로 보는 오늘날의 관점에서는 사회변화의 적응자로서 학생을 중심에 두고 지원하는 교사의 역할을 논의하고 있습니다. 특히 교육을 상품으로, 교사와 학부모·학생을 공급자와 소비자로 규정하는, 신자유주의 경제방식으로 교육을 재편한 5·31 교육개혁 이후, 학부모들의 과도한 권리 의식과 소비자 의식으로 학교 현장에 혼란이 가중되었습니다. 그러나 어떤 경우에도 교육에서 교사의 역할을 가볍게 다룰 수는 없습니다. 다만 교사도 혼자서는 교육을 할 수 없습니다. 교사와 학부모의 협업 없는 교육은 이루어질 수 없다는 뜻입니다. 교육권이 누구에게 있는가 하는가가 중요한 것이 아니라, 어떻게 협조해서 아이들을 잘 키울 것인가 하는 것이 교육논쟁의 중심이어야 합니다.

함께 길을 가는 사람을 불교에서는 도반道伴이라고 합니다. 함께 도를 수행하는 벗이라는 뜻이지요. 도반은 구체적으로 세속적인 이해관계를 떠난 법 동지, 법 형제로서, 곧고 너그럽고 앎이 많은 벗이라고 했습니다. 길을 함께 가기 위해서는 뜻이 같아야 하고, 서로 신뢰해야 하며, 작은 차이는 극복하고 대동의 마음을 가져야 합니다. 굳이 따지자면 부부도, 친구도, 교사와 학부모도 도반이라고 할 수 있습니다. 그러므로 우리 학교 교직원도 모두 함께 같은 길을 가는 도반입니다. 도반이 되는데 특별한 형식이 있는 것이 아니라 서로 받드는 마음의 자세가 중요합니다. 무엇보다 믿음이 있어야 합니다. '결혼은 인생의 긴 대화'라는 말이 있듯이 믿음은 대화에 의해서 다져집니다. 또 수련이 필요합니다. '뱀이 물을 마시면 독을 만들고, 소가 물을 마시면 우유를 만든다.'는 말이 불경에 있습니다. 뱀이 되거나 소가 되는 것을 우리가 선택할 수는 없지만, 같은 물을 마시고 다른 기능을 하지 않도록 수련하는 것은 교사의 책임이 아닐까요?

저는 어제 학부모님께 '여러분의 형제자매가 교사라고 했을 때 형제자매가 일하는 학교의 학부모들이 내 형제자매를 대우해 주기를 기대하는 것만큼 우리 선생님을 정중하게 대해 달라'고 주문했습니다. 선생님께도 똑같이 '선생님의 자녀의 학교 선생님들이 내 아이에게 해주기를 기대하는 것만큼 학교 아이들을 사랑하고 대우하라'고 부탁드립니다. '대접받고 싶은 대로 남을 대접하라'는 것이 예수님의 황금률입니다.

　벽에 걸어놓은 배낭을 보면/ 소나무 위에 걸린 구름을 보는 것 같다/ 배낭을 곁에 두고 살면/ 삶의 길이 새의 길처럼 가벼워진다/ 지게 지고 가는 이의 모습이 멀리/ 노을 진 석양 하늘 속에 무거워도/ 구름을 배경으로 서 있는 혹은 걸어가는/ 저 삶이 진짜 아름다움인 줄/ 왜 이렇게 늦게 알게 되었을까/알 고도 애써 모른 척 밀어냈을까/ 중심 저쪽 멀리 걷는 누구도/ 큰 구도 안에서 모두 나의 동행자라는 것/ 그가 또 다른 나의 도반이라는 것을/ 이렇게 늦게 알다니/ 배낭 질 시간이 많이 남지 않은 지금/ 〈이성선, 도반〉

　산에 다녀본 사람이라면 배낭에 대한 애착을 아시리라 믿습니다. 숀 코네리 주연 영화 〈파인딩 포레스터〉는 우연히 글쓰기를 가르치게 된 숨어 사는 작가와 학생의 이야기를 또 하나의 가족처럼, 어떤 의미에서는 도반처럼 그리고 있습니다. 의미 있고 감동적인 영화입니다. 이제 시인 이성선과 숀 모두 가신 분들이 되었군요. 양혜영 선생님 결혼하는 벚꽃 피는 봄날에.

온정적 합리주의

봄이 올 때마다 죽은 듯한 나무에서 아름다운 꽃이 피어나는 것을 보면서, 아무것도 보이지 않던 발밑의 맨땅에서 새싹들이 군대처럼 몰려 올라오는 것을 보면서, 자유로自由路의 가로수들이 무뚝뚝한 무채색無彩色을 버리고 연두의 물빛으로 흔들리는 것을 바라보면서 꽃과 새싹과 물오름에 넋을 빼앗기다가도 저 현상現象을 가능하게 하는 본질적인 힘 또는 원리가 무엇일까 하는 의문을 가지게 됩니다. 신의 섭리나 이데아idea까지는 가지 않더라도, 발아와 개화를 가능하게 하는 조건들이 무엇인가 하는 것을 한 번쯤은 생각해 봅니다.

사람도 마찬가지인 것 같습니다. 교실에서 운동장에서 또는 바깥에서 만나는 아이들 하나하나가 기적 같은 존재이지만, 이 아이들이 어떻게 자라 어떤 사람이 될지, 이 '사람의 길'도 알 수 없는 신비한 과정입니다. 꽃이나 풀 같은 것들의 발아 과정에 알맞은 온도와 습도라는 조건이 필요하듯이, 아이들의 성장과 발전에도 여러가지 조건들이 필요한데 그중의 하나가 교사, 그중에서도 교사의 온정적 합리주의라는 태도가 반드시 필요하다고 저는 생각합니다.

온정적 합리주의compassionate rationalism는 말 그대로 합리주의를 근간으로 해서 온정주의를 갖춘 태도를 말합니다. 합리주는 생각과 원리를 밝히되, 차가워서 사람이 붙지 않을 수 있고, 온정주의는 사람은 따르지만 길 찾기를 방해할 수도, 간신히 찾은 길을 잃을 수 있게도 합니다. 연구에 의하면, 온정적 합리주의 리더의 삶 속에는 성찰과 몰입, 선택과 수용, 도전과 학습, 위기 극복과 성장, 실천과 재도전의 과정이 있었다고 합니다. 자신과 학생의 삶을 소중하게 느끼는 인본주의의 실천, 타인의 성장을 위한 자기성찰과 자기계발에의 헌신, 새롭게 거듭남born-again의 실천, 개별적 개인의 존재가치와 특성을 존중하고 배려하는 맞춤식 리더십 실천 등 공통된 특징이 있습니다.

교사는 아이들의 성장을 돕는 일을 통하여 자신의 생계를 도모하는 사람들입니다. 아이들의 삶에서 '보람'을 느낀다면 가르치는 일을 통해서 '끼니'를 해결합니다. 전문가와 노동자로서의 성격을 함께 가지는 것이 교직의 특성입니다. 선생님의 한숨과 눈물과 고민 속에서 아이들은 자라고, 선생님 머리의 이성 작용에 의해서 아이들은 삶의 방향을 찾아갈 것입니다.

종례 시간에 선생님은/ 우리 반 단체 카톡에 사진 한 장을 올리셨다// "좁은 틈에서도 끈질기게, 작아도 당당한 제비꽃처럼"/ 메시지와 함께// 학교 진입로 아스콘 바닥 갈라진 틈/ 나란히 핀 제비꽃 몇 송이 찍어 오셨단다// 집에 가는 길에 반드시 그 자리를 찾아서/ 유심히 보고 가라는 게 종례 사항이다// 외톨이 진욱이가 제비꽃 앞에서 오래 서 있던 것을/ 나는 보았다// 할머니와 단둘이 살며/ 엄마 아빠 얼굴도 모른다는// 진욱이는 알고 있었을까/ 선생님이 창문가에서 조용히 내려다보고 있는 것을//

　- 복효근,「제비꽃 종례」

　교사의 소명은 수업이라는 일을 통해서만 발현되지 않습니다. 영화 〈플립Flipped〉은 중학생 남녀 간에 밀당을 통해서 사랑의 감정을 확장해 가는 과정의 이야기입니다. flipped라는 말은 '거꾸로 수업'의 그 단어 맞습니다. '뒤집혔다. 바뀌었다. 변했다'.는 뜻입니다. 영화에서 온정적 합리주의자인 할아버지의 역할을 주목합니다. 삶은 누군가에 의해서 바뀔 수 있습니다. 교육이 전인적 과정이라면 교사의 시선이 교실에만 머물러서는 안 됩니다. 교육은 아이들의 삶, 감정, 교우관계, 연애에 이르기까지 안 미치는 곳이 없어야 하는데, 교사의 손과 발은 작은 영역에만 머무르고 있고, 마음이 미치는 곳이 너무 짧아 안타까울 뿐입니다. 선생님의 하루하루가 빛나시기를, 순간순간마다 행복이 넘치시기를. 봄날의 행복이 계속되시기를 빕니다.

이때가 아니면

날이 참 좋습니다. 적당한 볕과, 적당한 양의 비가 내려 좋은 날이 계속되고 있습니다. 없는 일을 미리 걱정하지 않고, 좋은 날 좋은 시간의 즐거움을 만끽하는 것이 지혜입니다. '인생이 타이밍'이라는 것은 우리 모두가 아는 정설입니다. 어제까지 아무 필요 없던 것들이 오늘 당장 필요하고, 지금 해야 할 일을 하지 않으면 나중이 문제가 되기도 합니다. 돈도 지식도 그때그때 필요할 때 조달되는 것이 중요하지 그냥 많다고 좋은 것은 아닌 것 같습니다. 필요할 때가 있고, 공부할 때가 있으며 사랑할 때가 있고 떠나야 할 때가 있는데, 그 '때'를 잘 알고 대처하는 사람이야말로 지혜로운 사람이라고 할 수 있습니다.

일찍이 사람의 때를 잘 알아보고 관리 지침을 주신 분이 공자님이 아닐까 싶습니다. 배우는 이군자의 세 가지 기쁨 중 하나로 제시한 '학이시습지 불역열호'에서 '학이시습學而時習'을 흔히 '배우고 때때로 익힌다'로 해석합니다만, 여기서는 때때로sometimes가 아니라 '때에 맞게timely'라고 알아듣는 것이 올바른 해석입니다. 공자님은 나이에 따른 발달과업을 정확하게 제시한 분입니다. 공부할 때지우학志于學, 15세와 독립할 때三十而立와 수양할 때사십불혹四十不惑와, 떠날 길을 준비할 때오십이지천명五十而知天命, 육십이순六十耳順, 칠십 종심소

욕七十從心所欲와, 그때마다 해야 할 일을 제시하고 있습니다.

심리학자 중에서 성격 발달을 생애 단계별로 설명한 분이 에릭 에릭슨Erik Erikson이라는 학자인데요. 성인의 경우 생산성 대 침체성으로, 중년 이상(54세~)의 경우는 통합성 대 절망감으로 설명합니다. 앞의 과제는 달성해야 할 발달과업이고 뒤의 주제는 실패할 경우 맞게 되는 위기적 특성 또는 정서 상태를 말합니다. 예를 들어 중년이나 노년의 사람들이 통합성을 획득하지 못하면 절망감에 빠지게 된다는 것이죠. 이게 오래된 이론이라 수명연장에 따라 연령 구분은 새로 해야 할 것으로 보이지만, 어떻든 인생에는 때가 있는 것이고 때에 적합한 활동과 과업을 수행해야 한다는 의미에서는 매우 시사적이라고 할 수 있습니다.

노벨문학상 수상자 가즈오 이시구로의 「남아 있는 나날」이라는 소설이 있습니다. 일과 관습에 매몰돼 사랑의 때, 사랑하는 사람을 놓쳐 나중에 따라가 보지만 허탕친 이야기가 나옵니다. 모든 일에는 때가 있음을 가르칩니다. 공부할 때, 힘써 책을 읽어야 할 때, 일할 때, 승진할 때, 사랑할 때, 귀 기울여야 할 때, 떠나야 할 때. 각자의 때를 잡아 알맞은 행동을 해야 합니다.

교사는 자기들의 때뿐만 아니라 아이들의 때를 관리해야 하는 사람입니다. 남의 인생에 관여해야 한다는 면에서 교직은 괴롭기도 하지만, 그래서 더욱 소중한 직업입니다.

선생님, 짧은 봄날의 행복을 놓치지 않으시기 바랍니다. 사랑의 때를 버리거나 놓친 사람의 이야기가 영화 〈봄날은 간다〉의 내용입니다. 꽃이 필 때는 꽃을 즐기는 것, 일의 속도를 조정하고 때로 분리시켜 조용히 쉬는 것, 때때로 너무 선생되지 않는 것도 우리에게 필요합니다.

벚꽃이 피어야 비로소 봄이다/ 홀로 한 그루도 넉넉히 눈부시다만/ 함께 모여 웃고 피어야 벚꽃이다// 한 줄 또는 두 줄로 길게 늘어서/ 서로 어깨를 걸고 백 미터쯤/ 걸어가며 피어야 벚꽃이다// 함께 모여 떠드는 웃음소리로/ 사람들의 이마는 더없이 빛나고/ 드디어 밤이 되어야 벚꽃이다/ 대낮 꽃잎의 현란한 춤사위와/ 가로등 아래 달뜬 벚꽃 열병으로/ 연인들의 사랑은 더욱 깊어 가고// 꽃잎 붉어져 부끄러워할수록/ 팔짱을 끼고 걷는 사람들의 노래로/ 벚꽃 터널의 그림은 완성되느니// 발아래 기대어 오순도순 살아가는/ 키 작은 제비꽃 민들레를 돌아본다면/ 십일천하十日天下라 한들 어떠랴// 봄비 내리면/ 꽃잎 세상은 초록 물결로 거듭날 것이니// 하룻밤 풋사랑이면 또 어떠랴// 꽃 피는 순간 마음은 열리고/ 마음은 길 따라 사람의 마을로 이어져/ 사랑은 다시 시작하는 것이니//

   - 전종호, 「벚꽃 야경」

슬픔의 기억과 정의

수학여행을 가는 배가 침몰하고 있다는 소식에 경악했다가 전원 구출이라는 뉴스 자막을 보고 안심하고 수업을 들어갔다 나오니 아이들 대부분이 구조되지 못한 채 뱃머리만 들린 배가 침몰하고 있었습니다. 이 참혹한 광경을 목격한 지 올해로 일곱 해가 되었습니다. 아이를 잃은 부모들도, 중계를 통해 이 광경을 지켜본 국민들도 아직 슬픔 속에서 헤어나지 못하고 위로받지 못하고 있습니다. 출항이 금지된 항구에서 이 배만 어떻게 떠날 수 있었는지, 맹골수도에서 어떤 원인으로 배가 기울었는지, 왜 구조가 지체되었는지, 침몰의 원인을 규명하는 일은 왜 지금까지 안 되고 있는지 아무것도 밝혀지지 않아서 그 슬픔은 고통이 되어가고 있습니다. 당시에 애통해하지 않은 국민이 어디 있었으랴마는, 안산 중앙역에서 내려 학교까지 그리고 분향소까지 걸으며 이 엄청난 일의 원인이 무엇인지, 이 일을 어떻게 수습해야 하는지 생각하고 생각했습니다. 학교 가는 길가의 꽃들은 너무 아름다워 오히려 서럽게 느껴졌습니다. '왜 꽃은 또 피고 지랄이여'라는 절규가 나올 법도 했습니다. 팽목항으로 가는 보배섬 진도의 풍경도 마찬가지였습니다. 아름다운 섬 진도의 모습은 눈에 들어오지 않았습니다. 노란 깃발이며, 건져 올려 방파제에 놓인 아이들 신발이 마음을 너무 아프게 했습니다.

침몰의 진실을 다 알고 있을 저 운동화들은 사고가 없었다면 아이들의 꿈을 안고 어디든지 달려가면서 닳아 없어질 때까지 아이들과 함께했을 텐데, 아이들에게 보낼 편지를 넣을 빨간 우체통이 방파제 끝에 매달려 바람에 혼자 우는 모습이 아직까지 눈에 선합니다.

세월호와 쌍둥이 배라는 오하마나호를 타고 똑같은 코스로 제주를 간 적이 있습니다. 강정마을 평화원정단이라는 이름으로 그 배를 타고 흔들리는 카페테리아에서 커피를 마시며 해 뜨는 제주의 아침을 맞이한 적이 있습니다. 진도 옆 작은 섬 관매도에서 험한 풍랑을 타고 섬을 빠져나온 개인적인 경험까지 더해져 세월호 침몰은 남다른 슬픔을 더욱 불러옵니다.

사월은 유독 슬픈 날이 많습니다. 제주에서는 국가폭력에 의해서 수만 명이 집에서 산중에서 총 맞어 죽거나 불에 타 죽거나 감옥에 끌려가 죽거나 행방불명이 되어 사라졌습니다. 이른바 4·3사건입니다. 희생을 당했으면서도 어디 가서 억울함을 호소하지도 못하고 쉬쉬하고 살았습니다. 이제 와서야 재심 청구를 통해서 무죄를 확인받고 있습니다. 4·19혁명도 민주주의의 대전환적 사건이지만, 희생된 유가족 입장에서는 슬픈 사건입니다. 지금 말한 4·16은 우리가 목격한 당대의 사건이고 아직도 해결되지 않은 미완의 일입니다. 경기도교육청은 이 끔찍한 사건을 통해서 「4·16교육체제 개혁안」을 만들어 시행하고 있습니다만, 현장에서의 체감도는 매우 낮습니다. 전혀 변화가 없다는 뜻입니다.

교육은 슬픔을 아우르는 일이기도 합니다. 슬픔과 아픔을 기억하는 교육이어야 합니다. 개인과 마찬가지로 국가도 과거의 잘못을 통렬하게 인정하고 반성해야 미래가 있습니다. 회피하거나 숨기는 것은 도움이 되지 않습니다. 세계 일류국가였던 일본의 침체는 단지 경제의 부진에서 비롯된 것이 아니라 역사에 대한 그들의 태도에서 비롯되었다는 것이 제 생각입니다. 영화 〈김복동〉은 기억이 정의라는 것을 보여줍니다. 기억을 기록하는 것이 역사입니다. 기억을 정확하게 기록하는 것이 역사가의 책무이지만, 현실을 정확하게 기억하고 기록하는 것은 우리의 책무입니다. 문학인은 시와 소설을 통해서, 영화인들은 영화를 통해서 사건을 기록하고 있습니다. 세월호의 기록은 영화 〈다이빙벨〉, 〈생일〉, 〈부재의 기억〉, 〈당신의 사월〉로 남아 있습니다. 나치즘의 만행은 〈쉰들러 리스트〉, 〈우먼 인 골드〉 등에 남아 있습니다. 〈우먼 인 골드〉에서 나치를 피해 망명하는 딸에게 아버지의 마지막 부탁은 '우리를 기억해다오'였습니다.

역사의 현장에 있는 것, 현장의 아픔을 공감하고 기억하는 것, 기억하기 위해 기록하는 것, 그것들을 후대에 전달하는 것이 교사의 책무 중의 하나입니다. 우리가 선생이어서, 그것도 경기도 선생이어서 당사자 입장으로서 슬픔이 더 깊어지는 사월입니다. 아이들은 우리가 알지 못하고 이해하지 못하는 고통 속에 있을 수 있습니다. 아이들의 고통과 슬픔의 현장에서 공감할 줄 아는 사람이라야 교사입니다. 그래서 사월은 교사에게 '스승의 시간'입니다.

(…)너는 어디에 있었는가// 잘 다녀오라고 손을 흔든 지 몇 시간 만에/ 달뜬 수학여행을 태운 배가 침몰하고// 바다에 자식을 묻은 수백 명의 어미 아비가/ 함께 울던 이웃들과 소리쳐 울부짖을 때/ 안산중앙역에서 학교를 거쳐 화랑분향소까지/ 애도의 인파가 슬픈 물결이 되어 흐를 때// 진실을 알려달라는 국민의 목소리를 향해/ 빨갱이들 시체 장사라고 비하하고 놀리며// 힘으로 법으로 눌러 진실을 감추며/ 이제 슬픔을 거둘 때라고 점잖게 훈계할 때// 너는 어디에 있었는가(…)

  - 전종호, 「너는 그때 어디에 있었는가」

"최선을 다해서 노력해 봤어?"

깜짝 놀랐습니다. "최선을 다해서 노력해 봤어?" 여섯 살배기 손녀가 제 할머니에게 한 말이었기 때문입니다. 할머니를 기다리던 아이가 왜 늦게 왔냐며 따지는 말이었습니다. 버스 타고 와서 늦었다는 할머니 말에 아직 시간 개념이 없는 아이가 불쑥 한마디 한 말이었습니다. 그런데 이 말, 어디서 많이 들어 본 말 아닌가요? '최선'이라든가 '노력', '계획' '목표', '시간표'라는 말은 우리 교사들의 전형적인 내러티브입니다.

이 말을 듣고 '말'에 대해서 곰곰이 생각해보았습니다. 첫째, 말의 불멸성입니다. 말은 쉽게 죽지 않습니다. 교사인 저와 아내가 아이를 키우면서 숙제나 피아노, 미술 레슨을 시키면서 많이 하던 말이었습니다. 가정에서, 학교에서 너무 많이 들어서 딸의 머리에 각인되어 있던 이 말들이 아마 제 딸을 키우면서 쓰였고, 결국 우리 말이 딸에게로, 딸의 딸에게로 전달되어 손녀의 입을 통해 할머니에게 되돌아온 셈이지요. 30년 전의 제자들을 만나면, 어떤 말은 그 세월 동안 약이 되었고 어떤 말은 상처로 남아 있는 것을 확인합니다. 물론 말한 저는 아무것도 기억하지 못합니다. 그런데 이제는 각종 뉴미디어가 있어 기억이 안 난다는 말도 해명의 방법이 되지 못합니다. 돌려보면 다 나오기 때문입니다. 말은 금방 잊히고 사라진다고 생각하기 쉽지만, 사실 이렇게 쉽게 휘발되지 않습니다. 둘째, 말의 형벌성과 독함입니다. 재작년인가 청문회에서 후보자의 자녀 문제를 집요하게 질문하던 한 국회의원의 아들이 그날 밤 음주운전에, 운전자 바꿔치기 문제로 망신을 당했던 일이 생각납니다. 말은 남에게 전달되고 전달되다가 이렇게 내게 돌아오기도 하고, 남을 공격하던 말이 자신의 목을 서슬 퍼렇게 겨냥하기도 합니다. '최선'이나 '노력'이라는 말이 쓰이는 사회적 맥락을 생각해 보면, 보통 이 단어들은 듣는 사람의 언어가 아니라 말하는 사람의 언어입니다. 말하는 사람의 입장에서, 이미 짜여진 프레임, 정해진 목표를 듣는 사람에게 전달하거나 강요하는 용도로 쓰일 가능성이 높습니다. 교사는 기본적으로 말하는 사람입니다. 그래서 나도 모르게 듣는 사람의 입장이나 감정을 고려하지 못하고 말하기가 쉽습니다. 학교에서 교장이 '최선'이나 '노력'이라는 말을 입에 물고 산다면 듣는 교직원들과 학생들은 어떤 반응을 보이게 될까요? 말은 하는 사람의 입장에서는 가볍지만, 듣는 사람의 입장에서는 언제나 무겁고 힘든 법입니다. 그래서 말을 업業으로 삼는 교육자, 성직자, 작가, 정치인, 언론인들은 특별히 말의 무게를 진지하게 생각해야 합니다. 왜냐면 말을 업으로 하는 사람들은 말의 감옥에 놓일 확률이 높기 때문입니다. 그런데 현실은 어떨까요? 교육자의 말은 미래 전망에 대한 확신이 없고, 작가의 말은 희망의 개척보다는 독자의 기호 소비에 바쁘며, 성직자의 말은 소리는 크되 예언자적 목소리가 없고 고착된 교리에 기초한 혐오와 차별을 정당화하기에 바쁩니다.

정치인들의 말은 가볍기가 이를 데 없어 나라와 미래의 방향을 제시하고 설득하기보다는 욕망의 포퓰리즘을 따라가기에 바쁘고, 언론사의 언설은 기사인지 의견인지 구분할 수 없고, 가짜뉴스의 진위를 구별하는 노력을 하지 않을뿐더러, 공명정대가 아니라 자사의 이해관계가 우선인 것처럼 보입니다. 물론 다 그렇다는 얘기는 아닙니다. 진실이 아닌 말, 과장되고 허황된 말, 남에게 상처를 주는 말, 저도 지키지 못하고 실천하지 못할 말 등에 대한 경계심을 가져야 합니다, 그야말로 입이 열린 무덤이 되어서는 안 됩니다. 최선과 노력을 통해 이를 수 있는 일은 말이 아니라 다른 방법을 찾아야 합니다.

지난 20일은 장애인의 날이었습니다. 최선과 노력을 다하고 싶으나 다할 수 없는 사람들이 우리 주변에 많습니다. 아무리 '노오력'을 해도 원하는 것에 닿지 않는 사람들이 있습니다. 신체적으로, 사회적으로, 인종적으로 학습과 노동과 생활에서 일반인 기준으로 최선의 노력을 할 수 없는 사람들이 있습니다. 토끼와 거북이 이야기를 하며 부지런함과 노력을 무턱대고 강조해서는 안 됩니다. 삶의 조건이 다른 토끼와 거북이를 경쟁시키지 않는 것이 원칙이어야 합니다. 영화 〈나는 보리〉와 〈미라클 베리에〉는 청각장애인 가족과 함께 사는 비청각인 자녀CODA의 이야기를 다루고 있습니다. 소리를 잃음으로써 가족과 함께하고자 하는 보리와, 장애인 가족 속에서 음악이라는 자기 길을 찾아가는 베리에의 이야기를 만날 수 있습니다. 특히 〈미라클 베리에〉에서 아이의 재능을 단번에 알아보는 괴팍한 음악 교사 이야기는, 교사가 무슨 족집게 도사는 아니지만, 어려움이나 특별한 재능을 찾아내는 '발견의 능력'이 교사에게 얼마나 중요한지 덤으로 알려 줍니다. 봄이면 누구나 노래하는 목련이나 매화나 벚꽃이 아니라, 아무도 주목하지 않는 엉겅퀴 같은 들꽃들을 한번쯤 생각해 보는 오늘이었으면 좋겠습니다. https://youtu.be/GfRY39ybeZo

들꽃이거든 엉겅퀴이리라/ 꽃 핀 내 가슴 들여다보라/ 수없이 밟히고 베인 자리마다/ 돋은 가시를 보리라/ 하나의 꽃이 사랑이기까지/ 하나의 사랑이 꽃이기까지/ 우리는 얼마나 잃고 또/ 떠나야 하는지/ 이제는/ 들꽃이거든 가시 돋친 엉겅퀴이리라/ 사랑이거든 가시 돋친 들꽃이리라/ 척박한 땅 깊이 뿌리 뻗으며/ 함부로 꺾으려 드는 손길에/ 선연한 핏멍울을 보여주리라/ 그렇지 않고 어찌 사랑한다 할 수 있으리/ 그리고 보랏빛 꽃을 보여주리라/ 사랑을 보여주리라 마침내는/ 꽃도 잎도 져버린 겨울날/ 누군가 또 잃고 떠나/ 앓는 가슴 있거든/ 그의 끓는 약탕관에 스몄다가/ 그 가슴속 보랏빛 꽃으로 맺히리라//

  - 복효근, 「엉겅퀴의 노래」

자세히 보아야 보인다

'자세히'라고만 말해도 많은 사람이 시인 나태주를 연상합니다. '자세히'나 '풀꽃' 같은 보통 말이 특정 시인의 영역으로 편입된 것 같은 느낌입니다. 나태주 선생님은 개인적으로 제가 대학 다닐 때 인근 초등학교의 젊은 교사로 문학회 모임에 자주 오셔서 시를 품평해 주시며 때로 막걸리 잔을 함께 나누던 분이셨습니다. 당시에도 촉망받은 시인이었지만 지금은 예능 프로그램에 나올 정도로 대중적인 스타가 되셨습니다. 그런데 '풀꽃'이라는 시가 국민시라고 할 수 있을 만큼 많은 사람들이 좋아하고 자주 읽고 인구에 회자하는데 사실 이 짧은 시를 깊이 있게 읽는 분들은 별로 많지 않은 것 같습니다. 꽃의 여왕이라고 불리는 장미나 목련이나 벚꽃, 매화 같은 것들이야 자세히 보지 않아도 아름답습니다. 출중한 인물이나 미인이나 보석은 자세히 보지 않아도 멋있고 아름답습니다. 그런데 무릎 꿇고 오래오래 자세히 보아야 아름다움이 눈에 띄는 대상이 풀꽃이나 야생화 같은 것이고 우리네 보통 사람들입니다.

'예쁨'을 발견하기까지 보는 일이 선행되어야 합니다. 그렇다고 본다고 해서 다 보이는 것도 아닙니다. 우리가 늘 경험하듯이 보통은 우리가 보고 싶은 것만 보기 때문에 많은 것들이 보이지 않습니다. 자세히 보아야 보이는 것들이 있습니다. 나이 들어 점점 눈이

어두어지는데 오히려 더 많은 것들이 보입니다. 나이 먹는 일이 꼭 나쁜 일은 아니라고 위안을 삼습니다.

아침에 교문 앞에서 학생들 아침맞이를 하고 있으면 아이들의 표정과 학교 밖의 풍경들이 보입니다. 아침을 먹고 등교하는 아이들과 잠에서 늦게 깨어 헐레벌떡 뛰어오는 아이들이 보이고, 친구를 기다리는 아이들의 군집을 보면서 아이들의 친구 관계도 대략 파악이 됩니다. 잠깐 사이지만 학교생활의 어려운 점과 건의 사항, 학교 칭찬을 교장에게 해주고 가는 아이들도 있습니다. 또 아이들의 통학 수단도 자연스럽게 눈에 비칩니다. 대부분이 근방에 살기 때문에 걸어오는 아이들이 다수지만, 차량을 이용하는 학생들도 적지 않습니다. 자전거를 타고 오는 아이들, 버스를 타고 오는 아이들, 부모의 차를 타고 오는 아이들. 요즘엔 택시를 타고 오는 아이들이 눈에 띄기 시작했습니다. 늦어서 혼자 택시를 타고 오는 아이들도 있지만, 택시를 호출해서 네 명씩 등교하는 아이들이 늘어나고 있습니다. 올해 학급이 늘어나면서 읍 지역의 학생들이 배정되어 버스 사정이 여의치않다 보니 벌어지는 현상입니다. 25인승 시내버스에 40명이 넘는 학생들이 타고 옵니다. 버스 회사에서 전화하니 회사 이익 때문이 아니라 등교 편의를 위해 배차한 것으로 추가 배정 및 더 큰 버스 배정은 불가하다고 답변을 합니다. 시청의 버스 담당 부서에 전화하니 환승 등의 방법으로 학생 개인 또는 학교에서 알아서 해야 한다고 합니다. 올해 두 개 학급을 증설한 교육지원청에 문의하니 버스 문제는 자기들 담당 업무가 아니며, 농

산어촌에 배정해주는 스쿨버스도 우리 학교는 해당이 없다고 합니다. 아이들이 학교에 오는 일 자체가 전쟁입니다. 이 지역이 학군도 아닌 다른 학교의 차량도 쉴 새 없이 움직입니다. 타 학군의 학생을 빼가야 존립이 가능한 인근의 소규모 학교들의 생존전략인 것 같아 눈물겹습니다만, 저렇게 하는 것이 바람직한 것인지에 대해서는 의문이 됩니다.

　모두가 맛있게 밥을 먹는 점심시간에 교실에 남아 있거나 운동장 끝 철봉 아래 모여 식사를 하지 않는 학생들이 있습니다. 코로나 때문에 다중의 자리를 기피하는 학생도 있고, 실제로 배가 아픈 학생도 있지만, 다른 친구들 속에 선뜻 섞이지 못하는 학생들도 의외로 꽤 많습니다. 쉬는 시간에 교실에 있지 못하고 특별한 용무도 없이 도서관이나 상담실, 또는 보건실을 배회하는 학생들도 있고, 때로는 다른 아이들의 눈을 피해 손목을 긋거나 못된 짓을 하는 학생도 더러 있습니다. 무엇이 저 어린 아이들로 하여금 친구들 앞에 나서는 것을 쭈뼛거리게 하고, 어른들은 이해하기 어려운 외로움과 스트레스에 빠져 허우적거리게 하는지 자세히 들여다보고 그들의 내면의 소리를 섬세하게 귀로 들어야 하겠습니다. 교사가 갖춰야 할 가장 기본적인 덕목입니다. 시인 라이너 마리아 릴케는 「말테의 수기」에서 무명 시인 말테의 입을 통하여 사물을 보는 법을 배우는 것이 가장 중요하다고 이야기합니다. 보고 경험하고 추억하고 망각하고 그러는 가운데 불쑥 시 또는 시어 하나가 나타난다는 것입니다. 그래서 릴케는 시는 젊은이의 일이 아니라 나이 든 사람의 업이라고 말하고 있습니다. 문학도에게 하는 말이지만, 이 말은 교사들에게도 중요한 교훈을 줍니다. 나이 든 교사들의 경험의 소중함을 일깨워 주기 때문입니다. 젊은 교사만 선호하는 교직 실태를 다시 돌아보게 합니다.

나태주 선생님은 행복을 이렇게 노래하고 있습니다.

저녁때/ 돌아갈 집이 있다는 것// 힘들 때/ 마음속으로 생각할 사람 있다는 것// 외로울 때/ 혼자 부를 노래가 있다는 것//

'예쁘다'거나 '사랑스럽다'고 느끼기에 앞서 자세히 보아야 하고, 오래 보아야 하는 것이 순서입니다. 감각 – 지각 – 표현 – 행동의 계열성을 인식할 필요가 있습니다. 아이들의 외로움과 스트레스를 일부러 찾아서 들여다보고 이해할 수 있어야 외로움에서 스스로 설 수 있는 법을 가르칠 수 있습니다. 누구든지 외로움을 가지지 않을 수는 없지만 외로울 때 스스로 외로움을 이겨낼 수 있도록 '혼자 부르는 노래'를 학생들이 깨치게 하는 사람이 교사입니다. 교사의 길은 먼 길입니다. 힘들고 먼 길도 동료와 함께하면 즐겁게 갈 수 있습니다.

청소년들의 심리를 그린 〈월플라워〉라는 영화를 오래전에 본 적이 있는데 다시 보려고 하니 찾을 수가 없네요. 혹시 아시는 분 계신가요? 참, 월플라워는 왕따라는 뜻입니다.

노인과 어른

지난주는 온통 오스카상 이야기로 나라가 떠들썩했습니다. 〈미나리〉는 국제적인 상들이 쏟아지고 엄청난 관심을 받은 터라 저도 직접 영화관에서 가서 영화를 보았습니다만, 솔직히 디아스포라를 경험하지 못한 저에게는 내용이 좀 평면적이고 밋밋하다는 느낌이었습니다. 할머니 순자와 손자 데이비드의 연기가 인상적이긴 했으나, 아이작이삭, 제이콥요셉, 데이비드다윗, 폴바울 등 성경적 인물의 차명借名에 무슨 복선이 깔려 있나 생각하다 영화의 흐름을 놓치기도 했습니다. 모두가 좋다고 박수치는데 저만 느낌이 덜한 걸 보니 제가 영화를 잘못 보았나 하는 생각도 들었습니다.

그런데 오스카 시상식에서의 윤여정은 정말 멋있었습니다. 눈부시게 빛났습니다. 여배우의 미모로 소비되는 시상식의 통념을 거부하고, 권위 있는 시상식에서 위축되지 않는 당당함과 자기 주관과 개성있는 표현과 위트와 유머와 입담은 칭송받기에 부족함이 없는 멋진 모습이었습니다. 눈치 보지 말고 너답게 살라는 멘트, 대본을 성경처럼 생각했다는 철저한 생계형 직업정신, 최고보다는 최중이라는 생활철학, 내로라하는 디자이너의 드레스 협찬까지 거부했다는 이야기 등등. 관습에 눈치 보고 주눅 들어 사는 억눌림을 뻥 뚫어주었습니다.

제 시선을 잡아끈 또 하나는 지인께서 보내주신 앤소니 홉킨스 기사였습니다. 영화 〈더 파더〉에서 치매를 앓고 있는 노인의 역할을 탁월하게 연기했다고 평가받은 홉킨스는 시상식에 나타나지 않았습니다. 앞서 열린 골든 글로브와 BAFTA 시상식에도 참석하지 않은 걸 보면 상에 대한 그의 무심한 태도를 짐작할 수 있습니다. 그는 다음날 아버지 묘지 앞에서 트위터에 딜런 토머스의 '고이 잠들지 마십시오Do not go gentle into that good night'라는 시 낭송 영상을 올렸습니다. 시는 시인이 병을 앓고 있던 아버지에게 순순히 죽음을 받아들이지 말라고 절규하듯 당부하는 내용입니다. 영화 〈인터스텔라〉에서 우주 개척에 나선 과학자들이 우주선에서 비장하게 읊던 그 시가 바로 이 시였습니다. 지구의 종말이 가까워 옴에도 불구하고 근본적인 해결책을 회피한 채 당장 먹고사는 데만 급급해 현실의 조건에 굴복하는 사람들에 대한 경고의 의미였습니다. 아버지에게 보내는 형식의 시 낭송은 사실은 83세 노배우 홉킨스 자신의 삶을 다잡으려는 경계와 각오가 아니었을까요? 늙음과 죽음의 순응에 대한 단호한 저항과 거부만이 아니라 평판에 흔들리는 영화판과 부조리에 대한 항거 아니었을까요? 영화 〈두 교황〉에서 베르고골리오 추기경현 프란치스코 교황의 사직 청원을 적당히 무시하고 한 편으로 설득하며 피아노를 연주하고 거절하던 노련한 베네딕토 교황의 모습이 오버랩되면서 대배우의 인간적 면모를 느끼게 하기에 충분했습니다.

　　늙어서도 당당한 이 두 배우를 보면서 저는 엉뚱하게도 노인과 어른을 생각했습니다. 누구나 노인이 되지만 아무나 어른이 되지는 못합니다. 노인은 생물학적 상태이고 어른은 정신적 지향을 가리킵니다. 교사는 나이에 관계없이 꼰대 소리 듣기가 쉽습니다. 나이 때문이 아니라 가르치는 자의 위치 때문입니다. 교육에는 아무래도 배움과 가르침의 선線이 있기 마련이고, 아이들의 욕구와 감정보다는 사회의 필요와 규범을 우선하게 됩니다. 교사가 아이들에게 그때그때 기분 내키는 대로 살라고 할 수는 없지 않겠습니까? 동료들 사이에서도 교육에 대한 견해 차이가 발생합니다. 그러다 보면 저도 모르게 아이들과 동료들과 심리적 담을 쌓기도 합니다. 담은 방어가 목적인데 실제로는 두려움을 강함으로 포장하기 위한 허세일 수 있습니다. 따라서 담을 허무는 것이 자신감을 표현하는 것입니다.

저는 자주 스스로 제가 선생님과 아이들에게 어른인가 아니면 그저 완고한 노인인가 묻습니다. 선생님도 아이들에게 어떤 사람인가, 어떤 모습으로 비추어지는가 자문해보아야 합니다. 다행히 요즘 선생님들은 제가 젊었던 시절보다 훨씬 더 어른스럽고 성숙합니다. 과거에는 권위와 관행에 기댔다면 지금의 교사들은 훨씬 더 전문성에 의존합니다. 우리 학교를 보면 무턱대고 아이들에게 큰 소리치는 교사가 없습니다. 작은 소리에도 귀 기울이고 자신의 작은 허물을 겸손하게 돌아보며, 다른 선생님의 조언에 마음 문을 열고 계신 선생님들이 많이 계십니다. 그럼에도 불구하고 부탁한다면, 선생님, 자신의 내면의 소리에 더 깊이 더 자주 귀 기울이십시오. 철저한 자기 철학을 가지고 아이들을 만나십시오. 하루하루의 기대감과 설레임과 만족감이 모여 행복이 되듯이, 청춘의 자신감과 확신과 선의가 모여 따뜻하고 당당한 어른이 됩니다. 혹여 부당한 지시가 있다면 단호하게 거부하십시오. 관행과 관례라는 이름으로 행해지는 부조리가 있다면 저항하십시오, 왜냐면 아이들은 말로 배우는 것이 아니라, 선생님을 보고 배우기 때문입니다. 과오는 명백한 잘못이지만 자기성찰과 사회 개선을 위해 나서지 않는 고의적 태만도 교사에게는 죄가 된다는 사실을 기억하십시오. 땅은 계속 갈아엎음으로써 숨을 쉬게 됩니다. 여유와 유머와 친절함은 필수요소. 넋 놓고 세월에 찌들어가는 노인이 아니라, 물에 빠지더라도 거친 세월의 파도에 맞서는 당당하고 멋진 어른이 되시기를 빕니다.

고이 잠들지 마시오/ 노인이여, 저무는 날에 소리치고 저항하시오/ 꺼져가는 빛을 향해 분노하고, 또 분노하시오// 현자들이 끝을 앞두고 어둠이 지당함을 깨닫는다 해도/ 그들의 말은 이제 더 이상 빛이 나지 않으니/ 순순히 어두운 밤을 받아들이지 마시오// 선한 자들은 마지막 파도 곁에서 자신들의 가녀린 과거가/ 젊음의 바다에서 춤추었으면 얼마나 빛났을지를 슬퍼하니/ 꺼져가는 빛을 향해 분노하고, 또 분노하시오// 하늘의 해에 사로잡혀 노래하던 무법자들은/ 해는 진다는 걸 철 지나 깨닫고 부르짖으니/ 순순히 어두운 밤을 받아들이지 마시오// 죽음을 앞둔 위독한 자들은 앞이 보이지 않을지라도/ 멀어버린 눈은 유성처럼 힘을 내어 번뜩일 수 있으니/ 꺼져가는 빛을 향해 분노하고, 또 분노하시오// 그리고 당신, 슬픔이 절정에 달한 가운데의 우리 아버지여/ 바라건대 당신의 모진 눈물로 나를 저주하고 축복해 주시오/ 순순히 어두운 밤을 받아들이지 마시오/ 꺼져가는 빛을 향해 분노하고, 또 분노하시오//

　- 〈딜런 토마스Dylan Thomas, 고이 잠들지 마십시요〉

교사의 길

아, 내일이 스승의 날이군요. 스승의 날은 교사들에게는 참 곤혹스러운 날입니다. 바깥에서 보는 것과는 달리, 학교에서 태평하게 이날을 맞는 교사는 거의 없습니다. 스승의 날을 만들어 기념하기 시작하던 1960년대만 해도 교사를 존중하고 우대하는 풍토가 있었습니다. 가난한 시대에 교육을 통해 입지를 다지려는 시대적 의지도 있었고, 오랫동안 우리 사회를 지배하던 군사부일체의 유교적 전통과 권위주의적 정치풍토의 영향도 있었을 것입니다. 그런데 언젠가부터, 제 기억으로는 2000년을 전후하여 교육과 교사는 비판과 경원의 대상이 되었습니다. 부정부패가 만연하던 시대에 학교를 비롯한 공직사회의 촌지 문화가 우선 비판의 대상이 되었습니다. 1990년대 이후 교직원노동조합의 자정 운동으로 지금은 학교에서 촌지는 없어졌습니다. 교육과 교사가 사회급변의 시대적 요청을 따라가지 못한다는 비판도 있었습니다. 일정 부분 맞다고 생각합니다. 민주화에 따라 사람들의 관계에 대한 평등적 사고도 영향을 주었습니다. 교육과 사회의 민주화를 위해서 바람직하다고 생각합니다. 아무튼 이러한 사회적 영향으로 교육계 내부에는 스승의 날을 폐지하자는 주장부터 교사의 날 또는 교육의 날로 이름을 바꾸자, 2월 학기 말로 날짜를 바꾸자는 입장까지 여러 이야기들이 있습니다. 학교는 이제 스승의 날 기념식을 거의 하지 않습니다. 학교장 재량휴업일로 정해서 쉬는 학교도 많습니다.

사실 이런 사회적 현상을 가만히 들여다보면, 교육에 대한 관점이 크게 바뀐 것을 알 수 있습니다. 전통적으로 우리는 교육을 '사람 만드는 일'이라고 생각했습니다. 아이 학교 보내는 일을 '선생님들에게 아이를 맡기는' 일이라고 생각했습니다. 피와 살은 부모로부터 왔으나 교사가 혼과 정신을 부여한다고 여겼기에 교사에게 '제발 우리 아이 사람 만들어 달라'는 말을 했습니다. 그런데 제가 보기에 이제는 교육과 학교는 지위 경쟁에서 우위를 차지하려는 통로 이상으로 작용하지 않습니다. 교육은 점수, 등수, 입시, 인 서울 대학의 동의어가 되었습니다. 교육에 대한 이런 시각 변화는 곧 교사에 대한 학부모의 기대를 스승에서 전문직업인으로, 다시 기능인으로 변화시켰습니다. 이제 교육소비자인 국민에게 교육은 '부리는' 일이 되었습니다.

그러나 세상이 어떻게 변해도 '인간형성Bildung'이라는 교육의 본질은 변할 수 없고, 교사 없이는 교육은 이루어지지 않습니다. 학부모도 교육에 대한 이런 시각을 가져야 자녀의 교육이 올바르게 진행될 수 있습니다. 교사도 이런 관점을 확실하게 유지해야 합니다. 한때 교사를 스승으로 사회에서 우러러봐 주던 때가 있었습니다. 스승이라는 말은 영광의 말이기도 하지만 족쇄가 될 수도 있습니다. 교사는 노동자, 전문직, 성직의 요소를 두루 갖춘 직업입니다. 어느 하나만을 강조해서 다른 측면을 무시해서는 안 됩니다. 다만 스승은 교사 스스로 자신을 부르는 말이 아니라, 가르침의 존경이 싹틀 때 배우는 사람의 마음에 저절로 자리 잡는 호칭입니다. 교사가 모두 스승이 될 수는 없습니다. 절밥을 오래 먹었다고 큰스님이 되는 것이 아니듯이, 교직에 들어섰다고 그리고 오래되었다고 스승이 되는 것은 아닙니다. 오히려 자신을 돌아보고 가르치는 일을 세심히 성찰하고 아이들의 마음을 들여다보며 매만져 줄 때 아이들 입에서 자연스럽게 터져 나오는 탄성이 바로 스승의 자리가 아닐까 생각합니다. 성경에서 '많이 선생되지 말라'는 예수님의 말처럼, 굳이 스승이 되려고 애쓰지 말라고 하고 싶습니다. 인위적인 노력은 허방에 빠지고 항상 절망을 가져오기 때문입니다.

영화를 보면, 말할 수 없는 악조건 속에 위대한 교육적 성취를 이루어내는 영웅적인 교사들의 이야기가 많습니다. 현실에서는 소수의 영웅적 교사가 필요한 게 아니라, 날마다 그만그만한 일이 벌어지는 일상적 교실 상황에서 하루하루 아이들과 싸우며 조금씩 이루어내는 교사가 필요합니다. 교실 속의 아이들은 천사가 아닙니다. 교육의 아름다운 이념도 교실 속에서 말 안 듣는 아이들과 싸우면서 얻어지는 것입니다. 영웅적 서사가 아니라, 루틴에 빠지지 않고 일상에 지치지 않는 교사가 위대한 교사입니다. 이렇게 하루하루 일상에서 쉽지 않은 싸움을 승리로 이끌어가는, 그러나 드러나지 않은 훌륭한 교사들을 저는 많이 알고 있습니다. 감히 스승까지는 아니더라도, 우리 모두 지치지 않는 담대한 용기를 가진 교사가 되었으면 좋겠습니다. 교사는 아이들과 함께 있을 때 빛이 나는 법입니다. 교사의 길은 끝없는 배움의 길이기도 합니다. 그래서 가끔 다중장애아의 교사를 다룬 〈블랙〉이나, 밥 딜런과 딜런 토마스의 시로 〈위험한 아이들〉의 영혼을 고양시키는 영웅적 교사를 다루는 영화를 보면 힘을 얻습니다. 시를 쓴 지 수십 년 만에 부끄러운 첫 시집을 낸 저에게 '고맙게 잘 받아 숨죽이며 읽었다.'는 목소리를 담아 엽서를 보내주신 86세의 노교수님이 저의 스승이라는 것을 고맙게 생각하는 스승의 날에 너는 누구의 바른 선생이었는지 스스로 묻습니다.

선생님, 올해 스승의 날은 마음 쓰이는 아이에게 편지 한 통 또는 카톡 문자 하나 써 보내는 특별한 날로 하면 어떨까요?

어릴 때 내 꿈은 선생님이 되는 거였어요/ 나뭇잎 냄새나는 계집애들과/ 먹머루 빛 눈 가진 초롱초롱한 사내 녀석들에게/ 시도 가르치고 살아가는 이야기도 들려주며/ 창밖의 햇살이 언제나 교실 안에도 가득한/ 그런 학교의 선생님이 되는 거였어요(…)// (…) 그러나 하루종일 아이들에게 침묵과 순종을 강요하는/ 그런 선생이 되고 싶지는 않았어요/ 밤늦게까지 아이들을 묶어 놓고 험한 얼굴로 소리치며/ 재미없는 시험문제만 풀어주는/ 선생이 되려던 것은 아니었어요(…)//(…) 아직도 내 꿈은 아이들의 좋은 선생님이 되는 거에요/ 물을 건너지 못하는 아이들 징검다리 되고 싶어요/ 길을 묻는 아이들 지팡이 되고 싶어요/ 헐벗은 아이들 언 살을 싸인 옷 한 자락 되고 싶어요/ 푸른 보리처럼 아이들이 쑥쑥 자라는

동안/ 가슴에 거름 얹고 따뜻하게 썩어가는 봄 흙이 되고 싶어//

　　- 도종환, 「어릴 때 내 꿈은」

오래 전 '스승의 날'에 아이들에게 보냈던 편지 한 통 동봉합니다.

아름다운 사람을 만나고 싶다

오늘 스승의 날을 맞이하여 과연 나는 여러분의 바른 선생인가 반성하면서 사랑하는 여러분에게 글을 씁니다. 나는 여러분에게 무엇을 가르치고자 하며, 여러분을 정말 제대로 가르치고 있는지 오늘 하루 반성문을 쓰면서 지내고자 합니다.

며칠 전에 여러분에게 00 문제에 대하여 내 고민을 솔직히 털어 놓고 자문을 구한 적이 있지요? 사람을 살리고 죽이는 일이 꼭 전쟁터에서 일어나는 것만은 아니기에 내가 참아주고 기다리는 것이 사람을 살리는 것이라면 한 사람을 더 기다려주어야 하는지, 더 많은 다른 학생들의 입장을 고려하여 결단을 내려야 옳은 것인지 아직도 퇴학서류를 서랍 속에 넣어둔 채 결론을 내리지 못하고 있습니다.

사람은 제 똑똑한 맛에 산다고 하지만 알고 보면 사람만큼 어리석은 존재도 없습니다. 나이를 먹으면서 아하 내가 그때 그걸 했더라면, 그때 조금만 더 노력했더라면 하고 후회할 때가 많습니다. 과거를 후회하면서 또 지금 당장 해야 할 일을 하지 않고 나중에 후회할 일을 또 만드는 것이 우리네 인간이지요. 선생님도, 고등학교 다닐 때 조금만 더 노력했더라면, 그때 수학하고 과학을 조금만 더 잘 했더라면, 다른 전공을 선택했더라면 지금 나는 어떤 모습일까 하는 등의 아쉬움과 후회가 밀물처럼 밀려올 때가 있습니다. 내가 고등학교 다닐 때는 여러분보다도 훨씬 더 혹독하게 공부했어요. 아침 7시에 학교에 가서 오전 보충 수업 한 시간 하고 집에 와서 아침 먹고 다시 학교 가서 저녁 11시까지, 말 그대로 매 맞으면서 공부했지요. 야간 자율학습하다가 늦은 밤 잠깐씩 도서관 앞의 수백 년 된 거대한 느티나무에 기대어 별들이 빛나는 어두운 하늘을 쳐다보면서 느끼던 젊은 날의 막막함과 막연하기만 한 미래의 빛이라니. 우리도 언젠가는 하늘의 별이 될 수 있을까, 우리가 기대선 느티나무처럼 큰 나무가 될 수 있을까, 어쩔까. 그게 벌써 30년도 더 된 옛날 이야기가 되었군요. 그때는 지금 하고 시대가 달랐지요. 가난한 농부의 아들로서(그때는 모두가 가난했지만) 입신하기 위해서는 공부밖에는 다른 길이 없었으니까. 그러나 지금은 시대가, 사회가 달라졌어요. 공부 말고도 살아가는 길이 다양해졌으니까. 여러분도 이제 여러분의 길을 찾아야 됩니다.

힘들지요? 때로 살아가는 것이 막막하기도 하지요? 여러분! 가끔은 가던 길을 멈추고 하늘을 우러러보세요. 흘러가는 구름과 어두운 밤 빛 속에서 빛나는 별들을 보면서 바람의 소리 속에서 여러분의 미래를 도란도란 이야기해 보세요.

오늘 하루만큼은 여러분의 눈빛을 피하고 싶어서 아침 조회 대신 이 글을 보냅니다. 여러분 모두가 아름다운 사람이 되기를 빌면서.

여러분은 나의 얼굴입니다. 희망에 달뜨고 꿈꿔 빛나는 여러분의 얼굴을 내 얼굴로 보고 싶습니다. 그리고 오늘 그리고 내일 아름

다운 여러분을 만나고 싶습니다.(2009년 5월 15일)

　　아름다운 사람을 만나고 싶다./ 항상 마음이 푸른 사람을 만나고 싶다./ 항상 푸른 잎 새로 살아가는 사람을/ 오늘 만나고 싶다./ 언제 보아도 언제 바람으로 스쳐 만나도/마음이 따뜻한 사람/ 밤 하늘의 별 같은 사람을 만나고 싶다./ 세상의 모든 유혹과 폭력 앞에서도 흔들리지 않고/ 언제나 제 갈 길을 묵묵히 걸어가는 / 의연한 사람을 만나고 싶다. /언제나 마음을 하늘로 열고 사는/ 아름다운 사람을 만나고 싶다.// 오늘 거친 삶의 벌판에서/ 언제나 청순한 마음으로 사는/ 사슴 같은 사람을 만나고 싶다./ 모든 삶의 굴레 속에서도 비굴하지 않고/ 언제나 화해와 평화스런 얼굴로 살아가는/ 그런 세상의 사람을 만나고 싶다./ 아름다운 사람을 만나고 싶다./ 오늘 아름다운 사람을 만나서/ 마음이 아름다운 사람의 마음에 들어가서/ 나도 그런 아름다운 마음으로 살고 싶다./ 아침햇살에 투명한 이슬로 반짝이는 사람/ 바라다보면 바라다볼수록 온화한 미소로/ 마음이 편안한 사람을 만나고 싶다./ 결코 화려하지도 투박하지도 않으면서/ 소박한 삶의 모습으로/ 오늘 제 삶의 갈 길을 묵묵히 가는/ 그런 사람의 아름다운 마음 하나 곱게 간직하고 싶다.//

　　- 정안면, 「아름다운 사람을 만나고 싶다」

'스승'에 대한 생각

예정대로였다면 올 1월에는 무스탕에 가 있어야 했습니다. 대원스님은 「무스탕」에서 무스탕을 시간의 먼 저편에 있는 네팔 북쪽의 땅으로, 나무 한 그루 없는 황량한 산과 광대한 고원, 기이한 절벽과 메마른 계곡, 몰아치는 바람과 먼지 속의 유서 깊은 곰빠사원가 있는 곳으로 묘사했습니다. 특히 내게 인상적인 것은 끝없는 절벽길을 걸으며 스님이 올려다본 절벽동굴이었습니다. 세상의 인연을 끊고 이 깊은 황무지에 들어와 그것도 절벽까지 올라가 동굴을 뚫고 처절하게 자신을 고립, 유폐시키면서까지 찾고자 한 것은 무엇이었을까 그 수행자의 발심發心을 생각하며 황무의 땅을 내 발로 걸어보고 싶었습니다. 그러나 사람 일을 어찌 알았겠습니까? 누구도 예상치 못한 바이러스로 세상이 이렇게 하루아침에 막히고 닫힐 줄을, 나아가 팬데믹으로 막힌 이 세상이 바로 우리의 절벽동굴이 될 수 있다는 사실을 말입니다.

히말라야 골짜기마다 사두나 구루, 스와미라고 불리는 은둔의 스승들이 많습니다. 사람 사는 일을 서로 가르치고 배우는 일로 본다면, 알게 모르게 도시의 골목에도 눈 밝은 사람만이 알아볼 수 있는 스승들이 있습니다. 스승이 따로 있는 것이 아니라, 조금 더 진실해지면 누구나 스승으로 모실 수 있고 자신이 스승이 될 수 있습니다. 세상에 가르침을 받지 않는 사람은 아무도 없으며, 또 누군가에게 한마디 말이라도 가르치지 않는 사람 또한 단 한 사람도 없는 법입니다. 인간은 궁극적으로는 스스로 깨달아가는 존재이지만, 결코 홀로 깨닫는 사람은 없습니다. 배움의 계기와 여러 사람의 만남을 통해서 깨달음에 이르게 됩니다.

우리는 전통적으로 가르치는 사람을 스승이라고 높여 불렀습니다. 가르치는 사람이 훌륭해서라기보다는 가르치는 일 자체를 높이 보았기 때문입니다. 중국에서도 나이와 관계없이 교사를 노사老師, 라오쉬라고 부릅니다. 원래 상가samgha라 하는 불교 수행집단을 중衆, 승僧이라고 번역한 말에 접미사 '님'자를 붙여 스님이라고 불렀고, 스승이라는 말 또한 여기에서 나왔다는 설이 있습니다. 아무튼 사부師父, 선생과 마찬가지로 진리를 가르치는 사람을 통칭하는 존칭이었다고 합니다. 그런데 우리는 지금 선생은 있어도 스승은 없다고 한탄하는 시대에 살고 있습니다. 정말 그럴까요? 없는 것이 아니라 스승을 찾지않는 시대에 살고 있는 것은 아닐까요? 큰 가르침이나 지혜에 목말라 하지 않고, 돈이 되는 상품이나 실용적 지식에만 목을 매고 사는 세상이 아닌가요? 학식이 뛰어나고 언행이 훌륭한 인격을 갖춘 사람을 선생이라 하고, 부모 같은 사랑으로 사람되게 가르치는 삶의 지혜를 실천하는 분을 스승이라고 일컬어 구태여 구별할 필요가 있을까요? 그리스에서 멘토는 오디세우스가 트로이 전쟁으로 집을 비우게 되면서 10년 동안 아들 텔레마코스를 돌봐 준 친구의 이름에서 유래한 말이라고 합니다. 충실하고 지혜로운 삶의 길잡이 역할을 해줄 수 있는 어른을 가리켰습니다. 예전에는 평생을 돌보고 가르침을 베푸는 사람을 멘토라고 불렀지만, 지금은 한 분야에서의 숙달된 전문가를 가리키는 존칭으로 쓰입니다. 무협지나 중국 영화에서 자주 듣는 사부라는 말도 이제는 전문분야의 숙달된 어른들을 가리킵니다. 영화 〈음식남녀〉의 주방장도 사부이고 〈와호장룡〉에서 무당파의 큰 어른도 사부입니다.

사람은 아무튼 누구나 어떤 방법으로든지 가르치고 배웁니다. 학교, 선배, 어른, 교사가 아니더라도 사람이라면 자신과 다른 사람을 가르치고 또 배우고 살아갑니다. 그래서 서로 가르치고 배우는 관계에서는 마음의 자세가 가장 중요합니다. 음식만 그런 게 아니라 살아가는 데 있어 진심 또는 진정성이 가장 중요한 레시피입니다. 며칠 전에 지인의 소개를 받고 〈교실 안의 야크〉라는 부탄 영화를 여행 중의 숙소에서 보았습니다. 할리우드 영화만이 최고는 아니었습니다. 교사가 스승이라고요? 이 영화는 교사와 스승의 뜻을 다시 묻고 있습니다. 교사라도 스승이 될 수 없거나, 가르침을 받는 아이들이나 주민들이 스승이 될 수 있다는 것을 보여줍니다. 교사를 미래를 어루만져 주는 사람이라고 굳게 믿는 주민과 아이들이 보잘것없이 가난한 이 나라를 언제 탈출할까 고민하는 교사보다 더 훌륭하기 때문입니다. 영화를 보고 나서 영화에 나오는 '야크의 노래'의 가사가 주는 울림을 계속 되새겼습니다. 메시지의 깊이뿐 아니라, 한없이 펼쳐지는 히말라야의 평화로운 풍경과 순박한 사람들의 얼굴은 여행을 하지 못하는 시대의 우리에게 영화가 덤으로 주는 행복입니다. 누군가를 가르친다든가, 가르침을 받는다든가 하는 행위 이전에 순수한 영혼끼리의 만남이야말로 어두움을 밝히는 일입니다.

스승의 날이 지나고 엊그제, 부처님 오신 날에 우연히 산사에 있었습니다. 고요와 침묵의 시간에 가르침과 가르치는 사람의 무게를 깊이 생각했습니다. 큰 가르침을 뜻하는 종교宗教라는 말을 지금은 좁은 지역, 특정 집단 사람들의 영역적 지식 또는 지혜처럼 생각하다 보니 부처님이나 예수님 같은 큰 스승의 참뜻과 가르침이 너무 편협하게 인용되고 해석되고 있습니다. 울타리 싸움의 기준이 되어버렸습니다. 삶의 큰 뜻을 깨우치기 위한 교육의 본질에서 한참 벗어나, 새벽부터 밤늦게까지 오직 입시에 매달려 점수 올리기에만 정신을 팔고 있는 아이들을 보면서 선생으로서 안타깝고 두렵고 죄스러운 마음입니다. 우리는 언제쯤 '자유는 외로움이라는 것을 깨닫게' 된 시인 마종기의 노래처럼 습관의 길에서 벗어나 스스로 길이 되어 갈 수 있을까요?

이제는 상세한 지도가 필요 없어졌다/ 세상은 아무래도 하나고/ 내가 어디로 가고 있는지,/ 가야 할 곳이 어딘지, 대강/ 눈치로 알게 되었다// 이제는 더 이상, 잔/ 설명이 필요 없어졌다./ 어떻게 살아야 하는지,/ 어떻게 침묵해야 하는지,/ 모든 게 자연스럽게/ 한곳으로 모이는 동행들.//(⋯)// 어디 있니?/ 꽃이었던 모든 날들이 말없이 옷을 적신다.//

- 마종기,「산행6」

여름, 하늘은 시작도 끝도 없다

"독야청청 소나무는 아닐지라도

비탈이나 능선 아니면

아무데서나

도토리 한 알 물고

어린 꽃들과 키득거리는 다람쥐나

낮술 한 잔에 흥얼흥얼 얼큰한 콧노래

세상을 다 잃은 듯 땅 꺼지는 한숨 소리도

지켜보면서 그렇게 서서

여름 하늘을 올려다보고 싶었다"

〈참나무처럼〉

질문하는 학교

　사람은 밥으로 살지 않고 대화하며 살아갑니다. 삶은 강의나 연설이나 설교가 아니라 대화입니다. 대화는 화자話者와 청자聽者를 상정하고 주고받는 이야기 방식으로, 화자와 청자의 의사소통에서 핵심은 질문입니다. 고대의 철학책들이 대개 질문과 대화 형식을 취하고 있는 것이 이러한 까닭이요, 위대한 인류의 스승들의 공부법, 즉 공자의 문답법, 예수의 비유법, 소크라테스의 산파술이 모두 질문에 기초한 교육방법론인 것도 이런 연유입니다. 유대인의 전통적인 학습법인 하부르타도 질문법이라고 할 수 있습니다.

　그런데 유감스럽게도 오랫동안 주입식 암기 교육풍토에 사로잡혀 있는 우리나라 학교에서 질문은 권장은커녕, 추방되다시피 했습니다. 일방적인 강의식 수업이 학교를 지배했습니다. 교회와 절에는 설교설법만 있습니다. 거리는 목소리 큰 사람들의 연설로 가득합니다. 질문과 토론은 없습니다. 상대방의 말을 듣지 않고 자기주장만 하는 것이 토론회나 청문회가 되었습니다. 호기심과 의심과 의문에서 시작하여 답을 찾아가는 과정이 생략된 채 권위자가 제시한 정답을 따라가는 사회가 되었습니다. 심지어 사실관계의 검증 없이 자기주장만 반복하는 이른바 '뇌피셜'이 대세가 된 세상에 살고 있습니다. 주류 언론도 크게 다를 바 없습니다.

학교에서 가끔 질문과 관련하여 민원이 발생합니다. 질문을 하려고 하는데 교사가 질문을 안 받는다거나 못하게 한다고, 질문하는 것을 교사에게 도전하는 것으로 생각하는 거 아니냐고 항의를 합니다. 질문을 막는 교사가 과연 있을까 생각하지만, 이런 항의는 실제 일어납니다. 한 다리 건너 두 다리라고 그 행위의 맥락 속에 있지 않은 사람으로서 전해 듣는 것만으로 정확하게 문제 상황을 판단하기가 어렵습니다. 학생이 어떤 의미로, 어떤 태도로 질문을 했는지, 교사의 반응이 질문에 대한 것이었는지, 부적절한 반응이었는지 아닌지, 학생은 상황을 부모님에게 정확하게 전달한 것인지, 전달받은 부모님은 그 상황을 정확하게 이해한 것인지, 이것을 전달받은 교장으로서는 전후 사정을 정확하게 파악하기가 어렵습니다.

이런 것들과 관계없이 교사는 질문에 대하여 개방적이고 적극적인 태도를 가져야 합니다. 우선 질문의 중요성을 이해해야 합니다. 교육이 삶과 앎의 탐구라면 호기심과 질문을 끊임없이 진작시키는 것이 교육의 기본적인 과업입니다. 교육과 공부와 학문의 세계는 질문의 문(門)을 통해서만 들어갈 수 있습니다. 호기심과 질문이야말로 삶을 경이롭고 풍부하게 만듭니다. 둘째, 학생들의 지적 호기심을 자극하기 위해서는 교사가 질문발문의 달인이 되어야 합니다. 폐쇄적인 질문보다는 개방적인 질문을, 수렴적인 질문보다는 확산적인 질문을, 사실보다는 가치를 다루는 평가적인 질문을 많이 해야 합니다. 셋째, 학생들 스스로 질문을 조직할 수 있도록 가르쳐야 합니다. 질문을 할 줄 알아야 답을 찾게 되고, 관련 정보를 정리할 수 있으며, 공부의 순서를 스스로 통제할 수 있습니다. 언젠가 오바마 대통령이 한국을 방문했을 때 여러 번 질문 기회를 받은 한국 기자들이 끝내 질문을 하지 못했던 일 기억하시죠? 질문과 탐구에 약하고 암기와 받아쓰기와 베껴쓰기에 익숙한 우리 언론과 교육 현실을 드러냈던 참담한 사건이었습니다. 지금은 질문을 전문으로 하는 코치와 같은 직업이 생겨난 시대입니다.

혁신교육은 결국 '생각하는 교육' 아닐까요? 교육은 단순히 과거의 지식 전수가 아니라, 예측할 수 없는 현실과 미래세계에 스스로 자신의 길을 찾아 나설 수 있도록 하는 것입니다. 생각은 스스로 질문하고 답을 찾아가는 과정입니다. 이게 안 되면 우리는 선도자first mover가 아니라 잘해야 빠른 추격자fast follower가 될 수밖에 없습니다. 그러니 아이들의 질문 기회를 많이 만들어 주세요. 실수를 두려워하지 않고 질문할 수 있도록 허용적인 분위기를 만들어 주세요. 선생님 스스로 좋은 질문을 끊임없이 해주세요. 예전에 고등학교 시절 선생님을 골탕 먹이려고 일부러 어려운 문제를 질문하는 아이들이 있었습니다. 의도를 알고 화를 내셨던 분도 계셨고, 모르는 척하면서 멋지게 풀어서 아이들의 인정을 받은 분도 계셨습니다. 행여 예기치 않은 아이들 질문에 충분하게 대답을 못하면 또 어떤가요? 불확실한 건 더 알아보고 공부해서 가르치면 되지 않을까요? 공부와 질문에 대해서 우리 교사들부터 좀 더 개방적이고 우호적이고 쿨해졌으면 좋겠습니다. 학교는 질문이 살아있는 곳이어야 합니다.

현실은 이론과 크게 다릅니다. 교육이론과 실천이 반드시 일치하지도 않습니다. 교육의 실천과 방법에 대한 연구가 교육이론이지만, 모든 상황에 두루 딱딱 들어맞는 만병통치 식 교육이론은 없습니다. 존 듀이나 피아제가 우리 교실에 들어온다고 해도 그 순간순간 일어나는 교육 문제에 대해서 만능 해결사 역할을 할 수는 없습니다. 그래서 교사에게는 택트tact가 필요한 것입니다. 택트란 교육적 문제 상황에서 교육적 감수성으로 대처할 수 있는 순간적 능력을 뜻하는 말로, 교육적 기예, 또는 기재機才라고 번역할 수 있는데, 순간순간 선생님의 경험과 직관이 필요한 노련한 기술입니다. 가르치는 일을 과학이 아니라 예술이라고 부르는 이유이지요. 태국 영화 〈선생님의 일기〉에서 기차 이야기를 하는 선생님에게 수상생활만 하고 자란 아이가 멀뚱히 쳐다보며 기차가 뭐냐고 질문하자, 선생님이 순간적으로 여러 배를 연결해서 동력이 달린 배로 끌어가는 장면을 직접 시연해서 보여줍니다. 열역학과 동력에 대한 설명을 이론이 아니라 택트에 의지해 설명한 것이지요. 우리는 아이들에게 끊임없이 왜? 왜? 왜? 하고 질문해야 합니다. 아이들이 아무런 두려움이나 망설임 없이 "그건 왜 그런데요?" 하고 질문할 수 있도록 '질문하는 학교'를 만들어가야 합니다. 수백 개의 질문을 한 권의 책으로 묶은, 파블로 네루다의 시집을 한 번 읽어보시길. 이름하여 『질문의 책』.

왜 나뭇잎들은 떨어질 때까지/ 가지에서 머뭇거릴까?/ 그리고 그 노란 바지들은/ 어디다 걸어놓았을까?/ 가을은 무슨 일이 일어나기를/ 기다리는 것 같다는 건 사실일까?/ 아마도 잎 하나의 흔들림이나 우주의 움직임?/ 땅 밑에는 자석이 있나./ 가을의 형제 자석이?/ 땅 밑에서 정해진 장미의 약속은 언제인가?/(74)

- 파블로 네루다,『질문의 책』

가족의 상처

지난주 '맨발 탈출 창녕 소녀'의 추적 보도를 보았습니다. 소녀가 이제 부모의 학대 후유증에서 벗어나 '큰엄마'로 기억하는 위탁가정에서 심신의 치유를 통해 회복하고 있고, 키도 15센티미터나 부쩍 자랐다는 것을 전해주는 반가운 뉴스였습니다. 아마도 4층 높이의 테라스를 넘어 이웃집 지붕으로 목숨 걸고 탈출했던 1년 전 맨발 소녀 이야기를 다들 기억하실 것입니다. 불에 달구어진 쇠젓가락과 후라이팬으로 손을 지지려 했다거나, 쇠사슬로 아이를 테라스에 묶어 두었다가 화장실 갈 때만 목줄을 풀어주고 하루 한 끼밖에 밥을 주지 않았다는 그 사건 말입니다. 유감스럽게도 온 국민을 경악에 빠뜨렸던 이 사건 이후에도 크고 작은 아동학대 사건들이 끊이지 않습니다. 잠시 분개하고 정부에 재발 방지와 후속대책을 요구하다 어느새 아픔을 잊고 삽니다. 문제에 대한 우리의 대응 방식입니다.

뉴스를 보면서 마음에 걸린 것은 소녀가 5학년이 되었다는 사실이었습니다. 학교는 상처받은 아이들의 문제를 얼마나 잘 알고 있을까 하는 생각과 함께, 이런 문제에 대해 학교는 제대로 대처하고 있는가 하는 의구심을 떨칠 수 없었습니다. 물론 학교는 아이들을 가르치는 곳이니 당연히 가정 배경에 대한 관심을 가지지만, '아이들 문제'에 대해서 너무 피상적으로 알고 있는 건 아닌지 의구심이 들었습니다. 가정 폭력과 학대, 방임의 발생실태, 아이들에 대한 이 것들의 영향과 상호작용에 대해서 우리가 정말 심도 있게 알고 있 는지 의문이 들었습니다. 지금은 사생활 보호 차원에서 공식적으 로 아이들의 가정환경조사를 할 수도 없기 때문에 학교에서 구체적 인 아이들의 가정사를 알기가 어렵습니다. 그래서 뉴스의 가정 내 폭력과 방임과 학대를 남의 일로 치부하고 태평하게 지낼 수도 있 습니다.

지금 학교는 가정의 과잉과 결핍에서 오는 문제를 동시에 떠맡 고 있습니다. 크게 보면 가정의 과잉과 결핍이 지역적으로 분리되 어 나타나지만, 작은 단위로 보면 하나의 학교에서 양극의 문제가 동시에 나타나기도 합니다. 문제는 강남과 강북, 서울과 지방, 도시 와 농촌이 각각 다릅니다. 파주지역만 해도 남북의 소지역에 따라 서 과잉과 결핍으로 인한 문제들이 다르게 나타납니다. 가정의 과 잉이 나타나는 지역은 사교육과 과잉학습, 과잉보호가 문제가 되 고, 가정의 결핍이 나타나는 지역은 돌봄과 심리·정서적인 문제들 이 현안이 됩니다. 이에 따라 아이들의 공부 상처도 다르게 나타납 니다. 여유 있는 집안의 과잉문제는 학습 과잉, 목표 과잉 같은 것 이 있습니다. 부모의 기대를 따르지 못하는 아이들은 만성적인 학 습피로증후군이나 학습동기유발 실패 등의 문제를 겪고 있으며, 잘 하는 아이들은 그들대로 부모의 기대와 헌신에 보답해야 한다는 과 도한 보은 심리의 부담을 지고 있습니다. 가정 기능이 결핍된 곳에서 자란 아이들은 돌봄의 결핍에서 오는 동기유발의 저조화, 방임, 시간 관리의 실패, 영양 결손과 체벌, 학대 등의 문제에 노출되고 있습니다.

교사들은 대부분 자기도 모르게 이른바 '정상가족, 또는 '건강가정'의 신화에 익숙해 있습니다. 교사들의 성장이나 교육 배경을 보면 '정상가족' 밖의 가정과 이 가정에서 끌고 오는 여러 가지 아이들의 문제를 제대로 이해하지 못하는 측면이 있습니다. '헌신적인 어머니상'과 여성의 '독박육아'에 기초하고 있는 '정상가족'의 문제는 한 번 더 점검해 보아야 합니다. 우리 사회는 이미 변했습니다. 혼인과 결혼과 입양의 관계로 형성되는 부모–자녀 4인 또는 3인 가족의 공식은 깨진 지가 이미 오래되었습니다. 70년대 자주 쓰인던 '깨진 가족broken family'이니 복합가족이니 하는 말은 더 이상 쓰이지 않습니다. 그런데도 교사들의 양성 또는 재교육 교육과정에 가정과 가족에 대한 탐구는 없습니다. 교육사회학에서 다루는 가족과 가정의 기능과 역할은 너무 나이브하다 못해 천박하기까지 합니다. 여성학이나 사회학에서 이루어지는 기초적인 연구도 반영되지 못하고 있는 실정입니다. 가정에 대한 깊은 새로운 이해와 개선 없이는 '정상가족' 밖에 있는 아이들의 교육을 제대로 할 수 없습니다.

그렇다고 학교와 교사가 아이들의 가정에 대해서 이렇다 저렇다 평가하고 판단할 수는 없습니다. 아니 평가는 할 수 있으나 개입할 수 없다는 뜻입니다. 교사가 할 일은 아이들의 가정이 어떠하든지 아이들이 집에서 가져오는 문제에 대해서 사랑의 마음과 과학적 스킬로 적절하게 대처하는 일입니다. 교사는 현재의 가족제도의 결핍에 개입하는 것이 아니라, 교육을 통해서 새로운 가족 관계와 평화에 기여해야 합니다. 다만 "사회가 아이들을 다루는 방식 이상으로 사회가 영혼을 더 정확하게 드러내 보여주는 방법은 없다."는 넬슨 만델라의 말씀은 교사와 부모를 비롯하여 우리 모두의 지침이 되어야 합니다.

김태용 감독의 2006년 영화 〈가족의 탄생〉은 혈연관계가 아니라 따뜻한 정을 나누는 심리적 공동체로서의 새로운 가족으로 이행을 이미 예견하고 있었던 듯합니다. 급변하는 세태 속에서 아이들은 아이들대로 상처받고 부모들은 각박한 노동과 충분하지 못한 돌봄과 양육으로 죄의식에 사로잡혀 있습니다. 오늘도 아이를 두고 일 나가는 어머니들의 가사와 노동과 육아의 힘든 하루하루를 비난할 수는 없습니다. 이들이야말로 교사가 이해해야 할 '우리 동네 구자명씨'들이 아닐까요? 상처와 죄의식 없이 자율성과 공감의 주체로서 살아가기 위해서, 우리는 가정에 대한 재개념화뿐만 아니라 가정에서 일어나는 여러 가지 일들을 새롭게 해석해야 할 시점에 서 있습니다.

맞벌이 부부 우리 동네 구자명 씨/ 일곱 달 된 아기 엄마 구자명 씨는/ 출근 버스에 오르기가 무섭게/ 아침 햇살 속에서 졸기 시작한다/ 경기도 안산에서 서울 여의도까지/ 경적 소리에도 아랑곳없이/ 옆으로 앞으로 꾸벅꾸벅 존다// 차창 밖으론 사계절이 흐르고/ 진달래 피고 밤꽃 흐드러져도 꼭/ 부처님처럼 졸고 있는 구자명 씨./ 그래 저 십 분은/ 간밤 아기에게 젖 물린 시간이고/ 또 저 십 분은/ 간밤 시어머니 약 시중 든 시간이고/ 그래 그래 저 십 분은/ 새벽녘 만취해서 돌아온 남편을 위하여 버린 시간일 거야// 고단한 하루의 시작과 끝에서/ 잠 속에 흔들리는 팬지꽃 아픔/ 식탁에 놓인 안개꽃 멍에/ 그러나 부엌문이 여닫히는 지붕마다/ 여자가 받쳐 든 한 식구의 안식이/ 아무도 모르게/ 죽음의 잠을 향하여/ 거부의 화살을 당기고 있다//

  - 고정희,「우리 동네 구자명씨」

가족의 그늘

아이들을 키울 때 집에서 가장 많이 부른 노래가 동요 '곰 세 마리'가 아니었던가 싶습니다. 아빠 곰은 뚱뚱하고 엄마 곰은 날씬하고 애기 곰은 귀여운 것이 대략 비슷하고 경쾌한 멜로디에, 어깨를 으쓱으쓱하는 율동에 행복해했던 적이 있던 이 노래를, 지금은 여섯 살 손녀가 때때로 할아버지 곰은 뚱뚱하고 할머니 곰은 날씬하다고 고쳐 부르고 있습니다.

그런데 이 노래가 불편한 사람들이 있다는 생각은 미처 하지 못했습니다. 꼭 아빠 곰은 뚱뚱하고 엄마 곰은 날씬해야 한다는 몸의 정형성定型性에 대한 가정假定에서 비롯된 것만은 아닙니다. 가족 구성이 다양해지면서 이 노래가 편치 않은 사람이 늘어났기 때문입니다. 부모−자녀라는 가족 구성과, 혼인·혈연·입양이라는 가족 형성 원인의 표준이 점차 달라지기 시작했습니다. 비혼, 이혼, 재혼, DINK족 등이 늘어나면서 가족의 표준이라고 믿었던 것들이 흔들리기 시작했습니다. 표준은 규범의 역할도 하지만, 현상의 규모와 범위가 달라지면 바뀌어야 할 필요가 생깁니다.

기증받은 정자로 비혼 출산한 지난해 사유리 사건은 '정상가족' 신화에 대한 도전으로 비추어졌습니다. 큰 뉴스가 되었고 한바탕 난리가 날 것 같았는데, 의외로 사회는 비교적 조용하고 담담하게 받아들였습니다. 한국인들의 이런 쿨한 태도가 제게는 오히려 더 놀라웠습니다. 그가 일본인이라 그랬을까요? 아닙니다. 한국 사회가 이미 변했기 때문입니다. 통계청 자료에 의하면, 이른바 '정상가족'의 비중은 2010년 37%에서 2019년 29.8%로 줄었습니다. 이미 70%가 '정상가족' 밖에 있다는 뜻입니다. 혼인·혈연으로 맺는 가족에 대한 전통적 관념도 느슨해졌습니다. 여성가족부(2020) 조사에 의하면 10명 중 7명은 혼인·혈연관계가 아니어도 생계·주거를 같이하면 가족이라고 하는 데 동의하고 있습니다. 가족 형태로 비혼 출산(48.3%), 남녀동거(67%), 비혼 독거(80.9%)도 인정할 수 있다고 합니다. 젊은 사람들은 물론이고 60대 이상에서도 약 40%가 인정했습니다. 경천동지! 세상 참 많이 변했습니다. 옳고 그름을 떠나 현상이 달라지면 표준을 새로 정해야 하며 그에 대한 교육적 대응도 달라져야 합니다.

또 하나 우리가 점검해 보아야 할 문제는 이른바 '정상가족'의 정상성입니다. 계부·계모에 의해서 일어나는 사건들이 뉴스에서 크게 다루어지다 보니, 가정 폭력, 방임, 학대가 '정상가족' 밖의 가정에서 일어난다고 생각하기가 쉬운데, 실제는 '정상가족' 안에서도 폭력, 방임, 학대 사건들이 끊임없이 일어나고 있습니다. 이상한 '정상가족'이 많다는 뜻입니다. 친부모라고 해서 안전하지 않습니다. 시험관 수술을 해서 얻은 세쌍둥이 중 둘째 아이만 혼자 건강해서 얄밉다고 학대하다가 숨지게 한 사건도 있었습니다. 엄마의 양육 스트레스로 인한 우울증 때문이었습니다. 온라인 게임에 빠진 부모들이 아이들을 방치하다 굶겨 죽게 하는 사건들도 더러더러 일어나고 있습니다. 부모라고 해서 모두가 정신적으로 신체적으로 건강하지는 않습니다.

형태와 관계없이 가족의 핵심적인 문제는 빈곤입니다. 불평등이 인종보다 계급 또는 계층 문제라는 것이 밝혀지고 있습니다. 계급적 모순이 실제로 나타나는 장소가 가정이고 가정은 빈곤에 비롯된 아비투스의 근원지가 되고 있습니다. 모두가 빈곤이 특히 교육 또는 불평등에 가장 많은 영향을 끼친다는 것을 인정하고 있지만, 빈곤이 어떻게 교육 결과에 영향을 미치는지에 대해서는 각양각설입니다. 똑같이 가난해도 부모의 양육 태도와 교육적 관여 즉 가정에서의 학습활동 관리, 학교와 가정의 의사소통, 부모의 학교 참여 등에 따라 미치는 영향이 제각각입니다. 그렇다고 부모의 이런 변인이 교육 불평등을 바로잡는 결정적 변수가 되지는 못합니다. 학교에서 하는 학부모교육 같은 것들의 영향력에 한계가 있다는 뜻입니다.

부모의 기대에 따르지 못하는 아이들의 절망감도 그냥 보고 있기에는 너무 막막합니다. 시험을 보다가 다 풀지 못한 시험지에 엎어져 '엄마, 나는 안되나 봐. 미안해' 포기선언을 써놓고 코피 흘리며 자고 있는 아이를 쳐다보는 교사의 참담함을 부모님들은 아실지 모르겠습니다. 아무튼 학교에서 아이들의 가정 배경은 학교에서 조정할 수 없는 독립 변수입니다. 학교는 아이들이 가져오는 가족 문제에 과잉은 과잉대로, 결핍은 결핍대로 대응할 수밖에 없습니다. 학교가 가족의 그늘을 걷어낼 수는 없습니다. 빈곤의 그늘을 가정 스스로 걷어내지 못한다면 국가와 사회가 그 역할을 맡아야 합니다. '가난 구제는 나랏님도 못한다'는 말도 있지만, 그건 옛날얘 기입니다. 지금은 국가가 그 역할을 해야 합니다. 영화 〈미쓰백〉은 방임과 폭력의 가정의 적나라한 모습과 그 곁에서 상처가 상처를 보듬어 가는 아프고 진한 감동의 모습을 보여주고 있습니다. 〈남매 들의 여름밤〉은 폭력 장면 없이 아버지 남매와 자녀 남매가, 모자 라면 모자란 대로 그럭저럭 살아가는 이야기를 동화처럼 그리고 있 습니다. 가족은 '마음의 빛'을 가리는 그늘이 아니라 영혼의 휴식을 위한 그늘이어야 합니다. 아버지, 누이의 이야기가 자주 등장하는 것을 보면, 자유와 혁명의 시인 김수영에게도 가족 문제는 어쩔 수 없는 평생의 멍에였던 것 같습니다. '나의 가족'을 일부 뽑아 읽어 봅니다.

고색이 창연한 우리 집에도/ 어느덧 물결과 바람이/ 신선한 기 운을 가지고 쏟아져 들어왔다// 이렇게 많은 식구들이/ 아침이면 눈을 부비고 나가서/ 저녁에 들어올 때마다/ 먼지처럼 인색하게 묻혀 가지고 들어온 것// (…)// 누구 한 사람의 입김이 아니라/ 모 든 가족의 입김이 합치어진 것/ 그것은 저 넓은 문창호의 수많은/ 틈 사이로 흘러들어오는 겨울바람보다도 나의 눈을 밝게 한다/ (…)/ 제각각 자기 생각에 빠져 있으면서/ 그래도 조금이나 부자연 한 곳이 없는/ 이 가족의 조화와 통일을/ 나는 무엇이라고 불러야 할 것이냐//(…)/ 유순한 가족들이 모여서/ 죄 없는 말을 주고받는/ 좁아도 좋고 넓어도 좋은 방안에서/ 나의 위대의 소재를 생각하고 더듬어보고 짚어보지 않았으면/거칠기 짝이 없는 우리 집안의/ 한 없이 순하고 아득한 바람과 물결―/ 이것이 사랑이냐/ 낡아도 좋은 것은 사랑뿐이냐

아이들의 상처

레바논 빈민가를 배경으로 하는 영화 〈가버나움〉은 삶의 절망을 어린 아이의 시각에서 그려내고 있습니다. 한 끼를 해결하기 어려운 빈곤과 절제하지 못하는 부모의 출산과, 인신매매와 구분할 수 없는 결혼제도와 불법체류와 난민 문제들이 빼곡히 등장합니다. 아이들의 입장에서 삶은 대책 없는 정글입니다. 아무리 노력해도 빠져나갈 수 없는 문제의 근원이 출생 신고조차 하지 않은(실제로는 하지 못한) 무책임한 부모라고 생각한 아이는 제 부모를 법원에 고소합니다. 가난한 아이들을 다룬 영화는 많지만, 처음부터 끝까지 아이의 시각을 앵글로 잡은 영화는 드뭅니다. 영화를 볼 때마다, 보는 장면 장면마다 폐부를 콕콕 찔러 숨을 몰아쉬어야 영화를 볼 수 있습니다.

이게 남의 나라만의 이야기일까요? 아이들의 슬픔 또는 절망이 이런 중동지역이나 아프리카 일부 지역에서만 일어나는 일일까요? 아이들 입장에서 보면, 우리가 살고 있는 승자독식과 각자도생과 무한경쟁의 정글 자본주의 사회를 빠져나갈 수 없는 삶의 막장으로 생각할 수도 있지 않을까요? 문제의 성격은 조금 달라도, 우리 아이들도 영화 속 아이 못지않은 절망감 같은 걸 가지고 살고 있지는 않을까요? 이틀에 한 명씩 아이들이 죽습니다. 손목에 칼을 긋는 아이들이 많습니다. 우울증 약을 먹거나 정신과를 찾아가는 학생들은 부지기수이고, 아동학대 사례도 매년 기하급수적으로 늘고 있습니다. 친구들과 어울리지 못해 남의 시선이 닿지 않는 구석을 찾아 떠도는 아이들을 찾아보기가 어렵지 않습니다. 요즘 아이들이 공부하지 않는다고 걱정하는 어른들이 많지만, 조사해 보면 아이들 고민의 상당 부분은 여전히 성적과 진로에 대한 것들입니다. 제가 만난 아이들 중에서 공부를 잘하고 싶지 않은 사람은 한 명도 없었습니다. 잘하고 싶은데 잘 안되는 아이, 어떻게 해야 할지 잘 모르는 아이들만 있었을 뿐입니다.

공부하면서 아이들은 많은 좌절과 어려움을 겪고 후유증을 안습니다. 정신과 의사 김현수는 이런 것들을 '공부 상처'라고 부르고, 관계, 돌봄, 과잉, 역할, 노력, 평가, 실행 7가지 상처로 나누고 있습니다(「공부상처」, 에듀니티). 관계 상처는 공부하는 과정에서 부모, 친구, 교사와의 관계가 불편하게 되며 심리적으로 위축되고 결과적으로 '공부 파업'을 선언하는 것입니다. 돌봄 상처는 학생의 삶이 먹고사는 문제에 많은 시간을 할애하기 때문에 만성적인 학습경험이 부족해지는 '학습경험 결핍'이 일어나는 것을 말합니다. 학습량 자체가 너무 적기 때문에 공부하는 방법 자체를 배우지 못합니다. 과잉 상처는 학습 과정에서 지원이 지나쳐 오히려 독이 되는 경우를 말하는데, 많은 자극에 반응하다 보니 오히려 피로감을 느껴 공부에 질리고 마는 '만성학습피로증후군'이 되고 맙니다. 역할 상처는 부모가 학습 목표를 정하고, 방법을 모니터링하고, 평가를 대신해 줄 때 나타나고, 스스로 할 일이 없는 학생은 자신의 학습 목표를 잃게 되어 '목표 결핍'이 일어납니다. 노력 상처는 공부를 잘하기 위해 정말 열심히 노력했는데 성과가 나지 않을 때 생기는 상처로, 앞에서 말한 '엄마, 나는 안되는가 봐'라고 써놓고 코피 흘리고 엎어진 학생 같은 경우를 말합니다. 자연히 '자신감 결핍'으로 이어지고, 시험 볼 때마다 어딘가 아픈 시험 증후군 같은 증상이 나타나게 됩니다. 평가 상처는 지나친 목표와 기대 설정으로 부모의 기대감을 맞추지 못하면 어떻게 될까 하는 불안감에서 오는 것을 말합니다. '기대 부담' 같은 것입니다. 실행 상처는 학습 과정을 하나하나 관리하려고 하는 경우 아예 시작조차 하지 않으려는 경향성을 뜻합니다. 학습 과정에서 지속적인 실패나 불편한 감정을 느끼면 '실행 결핍 증후군'이 나타납니다. 정신과 의사라 그런지 무슨 무슨 증후군으로 병명처럼 말하고 있는데, 그 이름의 타당성은 잘 모르겠으나 이러한 증상이 학교 아이들에게 실제로 나타나는 것은 사실입니다.

아이들은 이런 공부 상처뿐만 아니라, 여러 사회관계에서 오는 복합적인 상처를 가지고 있습니다. 상처의 기원은 부모이기도 하고 교사이기도 하고, 친구이기도 하고, 사회제도이기도 하고, 본인 자신이기도 합니다. 위에서 말한 공부 상처도 한 개의 독립변인으로 작용하는 것이 아니라, 여러 개의 요인이 서로 얽히고설켜서 때로는 독립변인으로 때로는 매개 변인으로 작용하면서 복잡하게 얽혀 있습니다. 학교는 예전에는 없던 전문상담교사(상담사), 보건교사를 배치하여 대응하고 있습니다. 학교에 따라서는 교육복지사를 두기도 하고, 앞으로는 선진국처럼 학교 의사가 상주하게 될지도 모르겠습니다. 이 모든 것들이 세상이 복잡해졌다는 뜻이고, 복잡한 세상에서 아이들의 삶도 더 복잡해지고 더 상처가 쌓여간다는 뜻이기도 합니다. 학교는 심리적으로 더 섬세하게 아이들을 대하고, 아이들의 의견과 인권을 고려하는 등 정치적으로 좀 더 민감하게 나아가고 있습니다만, 쉬운 일은 결코 아닙니다. 문제가 생길 때마다 땜질식 임기응변으로 대응할 것이 아니라, 큰 차원에서 우리 사회에 한국판 '어린이 공화국 벤포스타'를 만들어 준비해 나가야 할 것 같다는 생각도 듭니다. '나를 태어나게 한 이유로 부모를 고발한다'는 한 아이의 절규와 함께, 그런 절망적 상황 속에서도 동생과 엄마 없는 다른 아기를 돌보는 아이 마음속의 선한 천사의 목소리가 귓가를 떠나지 않고 맴돌고 있습니다. 사는 일이 무엇인지, 어떻게 사는 것이 올바른 것인지 강한 의문이 자주 드는 수상한 시절입니다.

언제부턴가 갈대는 속으로/ 조용히 울고 있었다.// 그런 어느 밤이었을 것이다/ 갈대는 그의 온몸이 흔들리고 있는 것을 알았다.// 바람도 달빛도 아닌 것/ 갈대는 저를 흔드는 것이 제 조용한 울음인 것을 까맣게 몰랐다.//- 산다는 것은 속으로 이렇게/ 조용히 울고 있는 것이란 것을/ 그는 몰랐다.
  - 신경림, 「갈대」

교사들의 상처

옛날과는 달리, 요즘 교직은 인기 직종입니다. 직장인들의 자녀 직업 선호도에서 교사는 공무원과 함께 상위에 랭크되어 있고, 심지어 중고등학생의 직업 선호도에서는 해마다 1위를 차지하고 있습니다. 세상이 불안하다 보니 안정성 있는 직업을 선호하고 공무원과 교사의 급여나 복지 수준이 전보다 향상된 것이 중요 요인이 아닐까 싶습니다. 방학과 복무 시간 등 근무 여건도 많이 이야기됩니다, '굵고 짧게'가 아닌 '가늘고 길게'의 시대적 기풍도 작용한 것 같습니다. 교사 기피 현상에 사람을 구하기 힘들었던 옛날에 비하면 참으로 격세지감입니다. 교사의 출신 배경도 많이 달라졌습니다. 전에는 공부 좀 하는 가난한 집 자녀들이 주로 가는 지방 국립 사범(교육)대학 졸업자들이 주류였다면, 고시급 임용고사를 거쳐 교직에 입문하는 지금은 수도권 사립대학 출신들이 훨씬 많아졌습니다. 선호도나 직업 지위나 교사의 입직 배경을 보면 교직의 위상이 많이 높아진 것은 사실인 것 같습니다.

그런데 바깥에서 보는 것과는 달리 교직의 내면을 자세히 살펴보면 꼭 그렇지도 않습니다. 속된 말로 웃고 있으나 속은 울고 있는 형세입니다. 전에는 가진 것은 없었으나 교사를 마음으로 존중하고 우대해 주는 사회적 풍조가 있었습니다. 박봉과 격무에도 믿고 따르는 아이들이 있어 마음을 둘 곳이 있었습니다. 교육청 등 상급 기관의 간섭이 심해도 아이의 삶을 교사에게 맡기는 학부모들이 있어 방파제 역할을 해줬습니다. 지금은 사정이 많이 달라졌습니다. 교직은 하나의 직업에 불과할 뿐이고, 아이들은 교사가 없어도 학원이나 인터넷에서 배울 수 있는 곳이 많아졌으며, 학부모는 지원군이 아니라 민원인이 되었습니다. 교사에게 점점 더 많은 것들을 요구하지만, 인정과 지지는 더 각박해졌습니다. 교사는 가르치는 일만이 아니라 민원인에게 친절하게 답해야 하는 감정노동자의 역할을 해야 합니다. 가르치는 일을 넘어 사람을 보살피는 일의 비중이 커지고 있습니다. 옛날에는 패싸움이나 주먹싸움 등 겉으로 드러난 폭력 문제가 심했다면, 요즈음은 자해, 자살 충동, 학대나 방임 등에서 비롯된 피해나, sns의 '말의 문제'에서 오는 미묘하고 섬세한 심리적 갈등 문제가 부각되고 있고, 따라서 교사들의 피로도가 매우 높아지고 있습니다. 교사들의 상처는 학생과 학생 사이의 관계에 부딪히고 찢기는 가운데서 생겨나고, 여기에서 발생한 학부모와 학부모 사이, 학부모와 학교, 교육청 사이에서 증폭되거나 봉합하는 과정에서 덧나기도 합니다.

　이러한 현상은 실증적인 조사에서도 그대로 나타납니다. 경제협력개발기구OECD가 주관하는 교수─학습 관련 국제비교조사TALIS에서 34개 참여국 중 3위에 해당할 정도로 우리나라 교사들 스스로도 교직에 대한 선호도와 존중도가 높다고 인식하고 있음에도 불구하고, 교육현장에서 느끼는 교사들의 자기효능감 수준은 매우 낮습니다. 측정 문항 12개 중 11개 영역에서 TALIS 2013 평균보다 상당한 격차를 보이고 있습니다(박근영, 교사들의 자기효능감과 직무만족도: TALIS 2013 결과 비교, 한국교육개발원 교육정책포럼 2018년 296호). 자기효능감self-efficacy이란 어떤 행위를 성공적으로 성취할 수 있는 능력에 대한 개인적인 믿음을 말하고, 직무만족감job satisfaction이란 자신의 직업과 관련된 일을 수행하는 데에서 오는 충족감이나 만족감을 가리킵니다. 일찍부터 교육학에서는 전통적으로 학생들의 자기효능감이 그들의 학업성취에 중요한 역할을 하고 있다고 설명해 왔으며, 최근에는 교사의 자기효능감이 학생들의 학업성취 및 교사의 직무만족도에 중요한 요인이라는 사실이 밝혀지고 있는데, 조사에서처럼 정작 우리나라 교사들의 효능감이나 만족도가 낮다면, 교사를 위해서 뿐만 아니라 한국교육을 위해서도 한 번 더 숙고해 보아야 할 심각한 일입니다.

교사들의 삶의 조건을 더 보장해야 한다고 주장하면 선뜻 동의하지 못하는 분들이 계실 것입니다. 외부적, 위생적 조건을 말하는 것이 아닙니다. 교직 밖에 계신 분들은 물론, 특히 학부모나 행정기관에서는 교사의 동기유발적, 심리적 조건을 좀 더 섬세하게 살펴야 합니다.

교사들도 스스로 자신의 내면을 살피고 쓰다듬고 사랑하는 연습을 더 해야 합니다. 〈죽은 시인의 사회의 사회〉의 키팅 선생님처럼, 스스로 낡은 관습이 되지 않기 위하여 부단한 연찬과 훈련이 필요합니다. 자기계발의 막다른 골목으로 자신을 몰아가지 말고, 스스로, 그리고 동료 교사와 더불어 치유와 환대의 장을 만들어가 가야 합니다. 이번 주는 다음 교장을 뽑는 공모 절차를 진행하고 있습니다. 교장을 뽑는 것은 학교 자치의 꽃이면서 교사의 노동조건을 결정하는 일이기도 합니다. 교사들의 상처는 많은 경우 행정에서 오기도 하기 때문에, 행정에 대한 선생님들의 인식과 적극적인 참여로 좋은 지도자가 선출되었으면 좋겠습니다.

산중에 암자 하나 마련하고 싶었다/ 탐욕을 비울 수행의 공간이 아니라/ 시꺼멓게 속을 태우는 선생님들이나/ 길 잃은 악다구니 아이들이 도망쳐 속에서 썩어가는 것들 게워낼 수 있는/ 시끄러운 소도蘇塗로 사용하기 위하여/ 산중에 조용한 암자 하나 두고 싶었다// 암자 같은 것도 거래하냐 부동산에 물으니/ 사고팔 수 없는 것은 세상에 없다고 하나/ 정작 살 수 있는 형편은 되지 못하고/ 상처받은 사람들은 세상에 차고 넘쳐/ 누구나 돌아가 머물 수 있는 암자/ 마음속에서라도 하나씩/ 소용돌이 세상에 숨통을 열어두고 싶었다// 지독한 외로움과 싸운 다산의 초당이나/ 진리를 위해 목숨 건 배론의 토굴이나/ 위태한 벼랑 끝 달마산 도솔암과는 다른/ 종교의 규율과 세상의 허위에서 벗어나/ 끓어오른 자유가 잦아들어 고요의 평화/ 숨결이 숨결을 위로하는 회복의 처소로/ 마음속 암자 하나 이루고 싶었다

  - 전종호, 「마음속 암자 하나」

백인백색

    세상은 넓고, 자연과 사람은 볼수록 각양각색입니다. 엄청난 산이나 대초원이 아니라, 동네 뒷산에 올라도 키와 무게와 색깔과 모양이 각각 다른, 이름을 다 알지 못하는 나무와 풀과 새들이 어울려 펼쳐 놓은 세상은 참으로 놀랍습니다. 같은 건 같은 것끼리, 다른 건 다른 것끼리, 때로는 비슷해서 때로는 서로 달라서, 한데 어울림이 벌이는 경이驚異의 세계입니다. 자연의 일이 그러하듯 사람의 세계도 얼굴이 같은 사람이 없듯 성격이 같은 사람은 단 한 명도 없습니다. 말 그대로 천태만상이요, 백인백색입니다.

    이렇게 다양한 얼굴을 한 사람들은 서로를 더 잘 이해하기 위해서, 또는 자기와 맞는 사람을 찾아내기 위해서, 또는 조직에 적합한 사람을 선발하기 위해서 오랫동안 사람들의 성격을 분류하고 범주화하고 각각의 특징을 연구해 왔습니다. 사주와 궁합, 관상과 역술, 명리학과 사상의학 등은 동양에서 벌인 그런 노력이었다면, 기질론이나 혈액형이나 별자리, 성격심리학, 에니어그램 등은 서양의 공적이라고 할 수 있습니다. 요즘에는 청년들이 연애할 때 적합한 상대를 고르는 기법으로 이용될 만큼 대중적으로 인기를 끌고 있는 MBTI 검사는 교육 현장에서 학생의 성격 이해와 진로지도를 위해서 자주 활용되고 있습니다. MBTI는 심리학자 융C.G. Jung의 심리유형론을 근거로, 각 개인이 타고난 선호 경향성이 행동에 어떠한 영향을 미치는가를 브릭스와 마이어스 모녀 심리학자가 보다 쉽고 유용하게 일상생활에서 활용 할 수 있도록 고안한 성격유형 심리검사입니다.

사람은 성격 때문에 사랑하기도 하고, 이혼하기도 할 만큼 성격은 삶에 큰 영향을 줍니다. 성격은 일의 가치와 일하는 방식과 순서와 속도를 결정하기도 합니다. 따라서 분쟁과 갈등을 내밀히 살펴보면 당사자들의 성격 갈등에서 비롯되는 경향이 크기 때문에 학생을 교육하고 조직을 경영하는데 구성원의 성격을 이해하는 것은 필수적입니다. 구성원마다 타고난 성격의 빛깔과 향기가 다릅니다. 관심의 대상이 다르고, 정보 수집, 인식 기능, 상황 판단, 결정 방법이 다르면 생활양식 및 태도가 달라지고, 이런 '서로 다름'으로 인하여 경우에 따라서는 엄청난 스트레스를 겪습니다. 학교만 보더라도 교사와 학생이 다르고, 학교 관리자와 교사들이 다르고, 학생과 학부모가 서로 다릅니다.

한 조사에 의하면(안현주, 1999, 한국심리유형학회보), 교사집단의 MBTI 유형은 ISTJ 유형이 가장 많고(31.8%), '충실한 관리자' 유형으로 평가하는 SJ 유형을 모두 합하면 무려 60%가량이나 됩니다. 학교 관리자는 SJ 유형, 특히 ISTJ 유형이 제 경험으로는 절대적으로 많습니다. ISTJ 유형의 특징은 내향형I, 감각형S, 사고형T, 판단형J 성향으로, '청렴결백한 논리주의자'이자 '세상의 소금형'이라는 별칭을 갖습니다. 이들의 에너지 방향은 내부에 집중되어 있어 혼자만의 시간에서 힘을 얻고 깊이 있는 대인관계를 유지합니다. 조용하고 신중하고 본인 스스로 이해가 되어야 행동합니다. 오감에 의존하고 실제의 경험을 중시하며 지금, 현재에 초점을 맞추고 정확하게 일 처리를 합니다. 상황을 결정할 때 진실과 사실에 기초하여 원리와 원칙적으로 논리적이고 분석적으로 판단합니다. 생활양식과 태도는 분명한 목적과 방향이 있으며 시간약속을 잘 지킵니다. 체계적이며 주변을 항상 말끔하게 정리 정돈하며, 즉흥적이고 충동적이지 않고 꼼꼼하게 계획을 짜고 조직하는 것을 선호합니다. 한 마디로 이 유형의 사람들은 남이 뭐라고 하든 말든 자기 일을 잘해나가는 사람들입니다. 다만 이들은 도전과 변화보다는 안정을 선호하고 새 사람보다는 오랜 친구를 더 좋아하며, 속마음을 잘 드러내지 않습니다. 학교는 오랫동안 이런 유형의 교장과 교사들에 의해 상대적으로 안정적이고 체계적으로 운영되었으나, 모험을 싫어하는 탓으로 변화와 혁신의 시도가 적었다고 할 수 있습니다.

그런데 점점 다른 성격유형의 교사들이 늘어나면서 교장과 교사, 경력 교사와 젊은 교사 사이에 문화적인 충돌이 발생하기 시작합니다. 특히 외향적이고E, 자유분방한NF 성격유형의 학생들이 늘어나면서 아이들을 지도하는 데 어려움을 겪기도 합니다. 부모의 성격유형도 매우 다양해졌습니다. 좀 더 엄격하게 학생들을 관리해주기를 기대하는 부모에서부터 아이들을 자유 방임하는 부모에 이르기까지 천차만별이어서 학교 현장은 아슬아슬한 상황이 연출

되기도 합니다. 물론 학교의 갈등을 구성원의 성격 하나로만 이해할 수는 없습니다. 심리검사 도구가 완전한 것도 아닙니다. 성격을 16가지로 분류해서 설명하는 것도 이점이 있고 한계도 있습니다. 그물이 성기면 놓치는 고기가 많고 반대로 너무 촘촘하면 큰 고기를 잡기 어려운 문제점이 있습니다만, 이론이나 유형론이 모두 이해를 위한 도구라는 사실을 놓치지 않으면 좋겠습니다. 중요한 것은 다르다고 해서 틀린 것이 아닌 것처럼, 성격유형이 나와 다르다고 옳지 않은 것이 아님을 분명히 인지하고 나와 다른 사람들을 더 확실하게 이해하려는 노력이 교사에게는 더욱 필요하다고 할 수 있겠습니다.

지난주에 방랑 식객 임지호 선생이 별세했다는 소식을 들었습니다. 그의 삶을 다룬 〈밥정情〉이라는 영화를 보고 그분은 한 명의 셰프가 아니라 이 시대의 도인이라는 생각을 한 적이 있습니다. 그분의 삶의 철학이 '세상에 쓸모없는 것은 없다', '하늘 아래 모든 것이 음식 재료'라는 믿음으로 우리 주변의 버려지는 들풀을 식재료로 활용하는 것이었습니다. 만날 수 없는 어머니에 대한 절절한 그리움으로 이 세상의 어머니들에게 밥 한 끼 대접하고 싶다는 절실함이 흘러넘쳐 제 마음에까지 스며 왔습니다. 들풀 하나가 그럴지언정 이 세상에 쓸모없는 아이들은 없습니다. 아니 아이들을 쓸모로 헤아리는 생각부터 고쳐야 합니다. 세상에 귀하지 않은 사람은 없습니다. 특히 학교는 백인백색百人百色을 존중하고 그런 신념을 세상에 널리 멀리 퍼뜨려야 합니다.

나 하나 꽃피어/ 풀밭이 달라지겠냐고/ 말하지 말라/ 네가 꽃
피우고 나도 꽃피우면/ 결국 풀밭이 온통 꽃밭이 되는 것 아니겠
느냐// 나 하나 물들어/ 산이 달라지겠냐고도/ 말하지 말아라/ 내
가 물들고 너도 물들면/ 결국 온 산이 활활/ 타오르는 것 아니겠느
냐//

　- 조동화, 「나 하나 꽃피어」

그물, 현실과 비유

지난주에 심리검사와 그물 얘기를 하다가 자연스럽게 '아버지의 그물'을 생각했습니다. 금강가에서 한량처럼 살았던 아버지의 유일한 일이라는 것이 낚시와 투망 또는 사냥이었습니다. 직업적인 어부나 수렵꾼이 아니라, 월남한 이후 농토 없이 농촌에 사는 사람으로서 시간을 죽이는 가장 좋은 방법이 낚시나 사냥 같은 것이 아니었겠나 짐작되지만, 썰물의 영향으로 강이 부풀어 오를 때 지천에 그물을 던지면 쏠쏠히 올라오던 붕어나 잉어들, 눈 내린 산이나 집 뒤꼍에 그물을 쳐서 잡았던 토끼나 참새들은 저에게 유년의 추억을 남겨 주었습니다. 그물 던지는 일이 물고기나 산짐승을 잡는 일이라기보다는, 글 쓰는 일이 나에게 그렇듯이, 아버지에게는 허무한 세월을 참고 견디는 방편이었음을 나이 들어서야 알게 되었습니다.

그래서일까 문장 속에 그물 얘기가 나오면 남다르게 주목하게 됩니다. 사실 그물은 문학적으로나 철학적으로 많이 쓰이는 비유입니다. 성경에도 그물 얘기가 자주 나옵니다. 예수의 주요 사역 장소가 갈릴리호숫가였고, 제자의 다수가 어부였기 때문이 아닐까 생각합니다. 밤새 헛수고하고 빈 배로 돌아온 아침, 베드로에게 나타난 예수는 깊은 곳으로 가서 그물을 던지라고 합니다. 목수 출신인 예수가 어부로 잔뼈가 굵은 베드로에게 할 말은 아닙니다. 깊은 곳, 낮은 물고기가 몸을 숨기는 장소요, 시간입니다. 어부들의 상식과 관습에서 벗어난 예수의 말씀은 우리가 흔히 생각하는 것처럼 얕은 물에서 놀지 말고 깊은 곳으로 가라는 뜻과는 달리, 자연의 주재자의 명령에 순종하라는 뜻으로 해석합니다. 또 그물을 들어 천국을 비유하기도 합니다. 그물은 하나님의 뜻을 따르는 사람을 포섭하고, 아닌 사람을 선별하는 장치를 상징합니다.

노장사상에도 그물 이야기가 많이 나옵니다. '하늘 그물은 성기지만 놓치는 법이 없다天網恢恢 疎而不失. 천망회회 소이불실"라는 말이 먼저 떠오릅니다. 하늘 그물의 비유는 자연의 법칙을 가리킵니다만, 때로는 현상을 바로 보지 못하게 하는 집착 또는 편견을 그물로 표현한 적도 있습니다. 대표적인 이야기가 「장자」 외편 추수秋水에 나오는데, 황하의 신 하백河伯이 가을장마가 되어 강물이 불어나자 크게 만족하면서 동쪽으로 나아가다가 바다를 보고서야 자신의 왜소함과 오만과 편견을 깨닫게 됩니다. 바다의 신 약若은 하백에게 우물 안 개구리는 바다를 말할 수 없고, 여름 한 철만 사는 벌레는 겨울의 얼음을 설명할 수 없으며, 자신의 지식이 최고라고 여기는 사람은 진정한 세계를 설명할 수 없다며, 사람의 인식을 제약하는 공간의 그물과, 시간의 그물과 지식의 그물을 언급하고 있습니다. 지식의 강이 아니라 지혜의 바다로 나아가야 함을 넌지시 말하고 있습니다.

불교는 아예 세상의 원리를 그물로 설명하고 있습니다. 인연은 끊임없는 관계의 연속이며 순환의 그물 속에서 삼라만상의 생명이 존재한다고 합니다. 인드라망은 제석천이 머무는 궁전 위에 끝없이 펼쳐진 커다란 그물을 말하는데, 사방으로 끝없는 이 그물의 그물코에는 보배 구슬이 달려 있고 어느 한 구슬은 다른 구슬을 비추고 그 구슬은 동시에 다른 구슬에 비추어지고, 비춤과 비침이 중중무진重重無盡으로 펼쳐지는 것이 세상이라고 합니다. 자체 발광이 아니라 다른 구슬의 빛을 반사하여 빛을 전달합니다. 이처럼 세상은 하나의 구슬과 같은 개체들이 서로를 비추어 끝이 없는 것처럼 세계의 일체 현상이 끝없이 관계를 맺으며 연기緣起하는 것이어서 서로 간에 아무런 장애가 없다는 것이 불교의 가르침입니다. 관계의 그물 속에서 수행하고 교화하는 방법이 그 유명한 사섭론四攝論입니다.

이제 문학적인 비유만으로 그물을 이야기할 수 없는 세상이 되었습니다. 세계는 정보망에 연결되지 않고서는 존재할 수 없고 기능할 수 없는 현실이 되었습니다. 세계는 월드와이드웹www으로 연결되어 있습니다. 웹이 바로 그물입니다.

그물은 일차적으로는 포획과 포섭을 목적으로 합니다. 안과 밖을 분리하기도 합니다, 예수께서 사람 낚는 어부로 제자를 부른 것은 하나님의 뜻을 따르는 사람을 그물 안에 채우라는 뜻입니다. 가르침은 뜻을 전하고 함께 하는 사람의 지경을 넓히는 것입니다. 한 그물로 묶는다는 뜻입니다. 또한 그물은 연결과 순환의 의미를 가지고 있습니다. 그물코에 의해서 세상의 모든 개체는 서로 연결되고 순환된다는 뜻입니다. 노장이나 불교의 그물의 가르침은 연결된 개체의 상보相補를 강조합니다. 현대적인 용어로 말하면 그물은 생태계입니다. 교육이란 것도 결국 옳은 뜻으로 사람을 묶고 넓히는 그물의 역할을 하는 것이며, 학생들에게 연결되고 순환되는 존재로서의 삶의 자세를 갖도록 하는 것입니다. 어업이 대규모화되면서 그물은 단순한 걸그물이나 던지는 그물에서 덮그물, 끌그물, 자루그물 등등으로 규모가 커지고 기능도 복잡해졌습니다. 교육도 할 일이 많아지고 대규모화되면서 가르침의 양상이 복잡해졌지만, 근본적으로는 생태계라는 그물 안에서 사람과 자연과의 상보관계를 지키고 유지하도록 가르치는 일이 아닐까요? 사람 낚는 어부까지는 아니더라도, 교사는 불가불 진리와 거짓을 분별하고 결국에는 옳은 뜻에 학생들을 안아抱 다스리고 이끄는攝 일을 하는 사람입니다. 그러므로 교사는 스스로 그물이 되기도 하고, 학생들을 이어주는 그물코가 되기도 하고, 그물에 걸리지 않는 바람처럼 자유로운 존재로 살아가야 합니다.

　삶은 끝 없는 길 걷기 같은 것이라고 할 수 있습니다. 불교와 힌두가 거룩한 산으로 숭배하는 카일라스산수미산을 찾아가는 85세 할머니를 기록한 영화를 보았습니다. 경북 봉화에서 출발하여 아들과 함께 인연의 고리를 찾아 험난한 길을 기쁘게 걷는 〈카일라스 가는 길〉을 보며 쪼잔한 그물로는 큰 물고기를 잡을 수 없다는 장자의 가르침을 다시 한번 돌아봅니다.

하늘의 그물은 성글지만/ 아무도 빠져나가지 못합니다/ 다만 가을바람에 보름달 뜨면/ 어린 새끼들을 데리고 기러기들만/ 하나둘 떼 지어 빠져나갑니다//

　- 정호승,「하늘의 그물」

쫓기는 사람의 평강

이제 방학입니다. 작년 겨울방학에 이어 아이들 등교 없이 맞는 방학이라 착잡한 심정입니다. 평상시 늘 벗어나고 싶었던 일상의 루틴과 소소한 행복이 오히려 그리운 시절입니다. 출근하기 어려워했던 월요일 아침 시간의 버티기, 공원에서의 게으른 산책, 공원 벤치에 앉아 시원한 바람을 맞으며 나누던 이웃과의 한담, 조조 시간의 한가한 영화 감상, 고된 등산 뒤 하산길의 막걸리 한 잔과 두부 한 접시. 놓친 물고기가 크다고 생각하듯이, 언제 일상이 회복될지 모르는 지금에서야 지난날의 사소한 일들이 새삼스럽습니다.

생각해 보면 우리는 지나치게 일 중심으로 정신없이 살았습니다. 쉬는 것을 죄라고, 죄까지는 아니더라도 죄송한 일이라고 생각하며 살았습니다. 교사에게 방학은 남들에게 약간 미안한 일이라는 생각도 들었습니다. 그러나 교사에게 방학이 없다면 교직을 길게 이어가기가 어렵지 않을까 하는 생각도 듭니다. 이런 일 저런 일로 아이들과 한 학기 부대끼다 보면 교사들도 사람인지라 속에서 아이들에 대한 미움이 끓어오릅니다. 방학은 이런 상한 마음을 치유하는 시간입니다. 팬데믹도 우리 인류에게 자연을 착취하는 식으로 그렇게 바쁘게 살지 말고, 멈추라고, 멈춰서 쉬라는 경고일 수도 있습니다.

피로사회, 감시사회, 혐오사회 등등 현대를 규정하는 수식어들이 많습니다. 제가 생각할 때 현대를 가장 잘 설명하는 말 중의 하나가 강박, 또는 쫓김이 아닐까 생각합니다. 우리는 쫓기는 자, 쫓겨 다니는 사람들입니다. 일에 쫓기고, 사람에 쫓기고, 업적에 쫓기고, 인정에 쫓깁니다. 쫓김은 외부로부터 뿐만 아니라 스스로로부터, 나쁜 일로부터만 아니라 좋은 일에서 오기도 합니다. 무언가 선한 일, 생산적인 일, 그럴듯한 성과를 내놓아야 한다는 생각에 쫓깁니다.

고든 맥도날드 목사님의 책(2020)을 읽고 무릎을 쳤습니다. 쫓기는 사람은 1. 오직 무엇인가를 성취했을 때에만 만족감을 느끼며 과정을 무시한다 2. 직위, 학위, 집 크기, 큰 사무실, 차, 멋진 배우자 등 성취를 나타내는 상징을 과시하는데 민첩하다 3. 통제되지 않는 확대욕에 사로잡혀 있다 4. 온전한 인격에는 별로 관심이 없다 5. 사람을 조종하거나 위협하는 능력이 아니면, 대인관계 기술이 풍부하지 않다 6. 경쟁심이 강하고 모든 일을 승패를 가르는 게임으로 본다 7. 분노를 품고 있어서 반대나 불순종을 느낄 경우 언제든지 폭발할 수 있다 8. 바쁜 것을 자랑하고 노는 법을 잊어버렸으며, 심지어 영적 활동을 시간 낭비로 보는 등의 특징을 가지고 있습니다. 이러한 특징들은 모두 일과 성취에 대한 강박에서 비롯된 것입니다. 이런 사람은 성공한 실패자요 황금 새장 안의 새가 될 가능성이 높다고 합니다. 반면에 소명을 가지고 일하는 사람은, 1. 본인이 청지기임을 알고 있다 2. 자신이 누구인지를 정확히 알고 있다 3. 흔들리지 않는 목적의식을 지닌다 4. 변함없는 헌신을 몸소 실천한다고 합니다.

성경에서 쫓기는 사람과 부름 받은 사람의 대표적인 예로 사울 왕과 세례 요한을 들고 있습니다. 사울 왕은 유력한 가문의 후손이며, 외모가 빼어난 자이며, 남보다 목 하나가 더 있을 정도로 신체적 조건이 좋으며, 더구나 달변가였습니다. 스스로 빛나는 자가 되려 했던 사울 왕은 이 목표를 달성하기 위해 달렸고, 이 목표에 쫓기는 사람이 되었으나 실패한 사람이 되고 말았습니다. 반면에 세례 요한은 조실부모하고 광야에서 성장했고, 소박한 음식을 먹고 보잘것 없는 옷을 입고 살았으나, 내면에는 아주 특별한 힘과 동기를 지닌 사람이었습니다. 메시아의 출현을 예비하는 자로서의 소명을 분명히 알고 살았습니다.

턴테이블전차대이 기차의 방향을 바꿔주듯이, 쫓기는 사람은 삶의 지향을 외부에서 내면세계의 질서로 전환하여야 합니다. 세상의 강박과 쫓기는 삶의 근본적인 원인은 이기는 것을 강조하는 교육 탓이 큽니다. 오늘 우리 교육의 타겟은 오로지 외부세계에 있습니다. 공부 잘하는 것, 돈 잘 버는 것, 유명한 이름을 얻는 것이 교육이 추구하는 것입니다. 배에 문제가 있다면 조정실을 점검해 보아야 하듯이 삶의 항해에서 문제가 생기면 번잡한 외부세계가 아니라 자신의 내면을 들여다보아야 합니다. 성경의 잠언은 모든 지킬만한 것 중에서 우선 마음을 지키라고 합니다. 마음이 생명의 근원이기 때문입니다. 『성공하는 사람들의 7가지 습관』의 저자 스티븐 코비의 '내면에서 외부로 향하는 접근inside-out approach'도 같은 맥락입니다. 정신과 인간의 내면을 등한시하는 우리 교육의 문제점을 다시 한번 점검해 보아야 할 때입니다.

'쫓기는 자' 이야기를 하다 보니 모두 다 제 이야기를 하는 것 같습니다. 내면의 자유와 평강을 구했지만, 늘 외부의 성취 목록과 평판에 매달려 살아온 게 아닌가 하는 생각이 듭니다. 영화 〈결혼 이야기〉에서 왜 자기가 이혼소송을 당해야 하는지 그 이유를 알 수 없어 황당해하는 성공한 남편 이야기가 나옵니다. 성공과 명성에 쫓기는 자의 모습이 사실적으로 묘사되고 있습니다. 비단 결혼생활뿐만 아니라 우리의 일상적 삶의 단편을 꼼꼼히 돌아볼 필요가 있습니다. 한편 〈허드슨강의 기적〉은 위기에서도 흔들리지 않고 최소한의 희생을 위해 강물 위로 비행기를 착륙시키는 냉철한 기장의 비상식적인 판단과 성공 이야기입니다.

선생님, 방학 동안만이라도 아이들과 학교 일에서 놓여나 선생님 자신의 내면을 살피고 어루만지는 시간을 가졌으면 좋겠습니다. 산사나 산중의 하룻밤은 그런 기회를 만들어 줄 수 있습니다. 현실적인 정합성이 있는지는 모르겠지만, 가난 앞에서 초연한, 세상물정 모르는 천상병 시인의 호기가 우리에게 턴테이블에 앉으라고 강권하고 있습니다.

오늘 아침을 다소 행복하다고 생각하는 것은,/ 한 잔 커피와 갑 속의 두둑한 담배,/ 해장을 하고도 버스값이 남았다는 것// 오늘 아침을 다소 서럽다고 생각하는 것은/ 잔돈 몇 푼에 조금도 부족이 없어도/ 내일 아침 일도 걱정해야 하기 때문이다.// 가난은 내 직업이지만/ 비쳐오는 이 햇빛에 떳떳할 수가 있는 것은/ 이 햇빛에도 예금통장은 없을 테니까……// 나의 과거와 미래/ 사랑하는 내 아들딸들아./ 내 무덤가 무성한 풀잎으로 때론 와서/ 괴로웠을 그런대로 산 인생 여기 잠들다. 라고/ 씽씽 바람 불어라……

  - 천상병,「나의 가난은」

잠 못 이루는 밤의 헤세

나이 들면서 잠 때문에 고통을 호소하는 사람이 많습니다. 새벽 서너시만 되면 깨는 친구가 주변에 허다합니다. 처음에는 더 자려고 안간힘을 썼으나 지금은 시간에 순응하여 기도를 하거나 책을 읽거나 그림을 그린다고 합니다. 일찍이 박사 학위를 받고 장래가 촉망했던 친구가 치명적인 불면증 때문에 학교를 그만두는 일도 있었습니다. 간신히 잠들면 12시쯤 깨어 긴 긴 밤을 뜬눈으로 새우는 일이 많다 보니 학교생활을 할 수 없었습니다. 지금도 어쩌다 보내오는 친구의 카카오스토리 글은 작성 시간이 대개 12시나 1시쯤입니다.

잠 못 자는 고통은 저도 알 만큼은 압니다. 근년에도 상사와의 불화로 잠을 자지 못한 적이 있었습니다. 꼭 누구의 잘못이랄 것은 없지만 심한 견해 차이가 마음의 고통을 더 하다 보니 하루 이틀 잠을 못 자게 되고 드디어 수면 유도제 없이는 잠을 잘 수 없는 지경에 이르게 되었습니다. 또 10년도 훨씬 더 지난 일이지만, 심각한 불안과 우울증과 수면 장애로 두 달간 병가를 낸 적도 있습니다. 잠의 선수였던 제가 정말 자고 싶은데 거짓말같이 잠이 안 와서 매일 밤을 꼬박 뜬 눈으로 새웠습니다. 정신과 치료도, 처방받은 수면제도 듣지 않았습니다. 수십 권 분량의 일본 대하소설 「대망」을 그때 읽었습니다. 「삼국지」도 여러 번 읽었습니다. 김주영의 대하소설 「객지」도 읽었습니다. 책을 아무리 읽어도 잠은 오지 않고 불안과 우울은 깊어갔습니다. 그때 정말 뜬금없이 고등학교 윤리 선생님이 수업 시간에 읽어 주셨던 헤르만 헤세의 '안개 속에서'라는 시가 떠올랐습니다. 정말 신기한 일이었습니다. 당시 선생님은 좀 이상한 분이셨습니다. 암기식 입시교육으로 쩔었던 시대에 선생님은 수업은 하지 않고 가끔씩 우리를 책상 위에 올라 앉혀 가부좌를 틀게 했습니다. '동해 바다에 둥근 해가 솟고 있다'고 하면서 바다 위를 막 떠오르는 태양을 연상하도록 했습니다. 지금 생각하면 일찍이 명상교육을 하신 것이었는데 당시로서는 조금 어이없는 일이었습니다. 불교 이야기도 많이 하셨습니다. 킥킥거리고 눈을 반쯤 뜨고 있는 우리에게 헤세의 '안개 속에서'라는 시를 읽어 주셨습니다. "안개 속을 거닐면 참으로 이상하다/ 덤불과 돌은 모두 외롭고 / 나무도 서로 보이지 않는다/ 모두가 다 혼자다/ 나의 생활이 아직 밝던 때엔/ 세상은 친구들로 가득하였다/ 그러나 이제는 안개가 내리니/ 누구 한 사람 보이지 않는다/ 모든 것에서 어쩔 수 없이 /사람을 떼어놓는 그 어둠을/ 조금도 모르고 사는 사람은/ 정말 현명하다 할 수 없다/ 안개 속을 거닐면 참으로 이상하다/ 살아 있다는 것은 고독하다는 것/ 사람들은 서로를 알지 못한다/ 모두가 다 혼자다." 고시에 여러 번 떨어졌다 학교로 오셨다는 선생님의 뒷담화를 들은 바는 있지만, 당시 입시에 열중하던 우리로서는 이해할 수 없는 좀 특별한 분이셨습니다. 그런데 그때 들은 시가 40년도 더 지나 불면증을 앓고 있는 저에게 맥락 없이 찾아와 깊은 위로를 주는 일이 일어날지 어떻게 알았겠습니까?

당시 잠들 수 없었던 시절, 낮이나 밤을 가리지 않고 헤세를 읽었습니다. 동네 도서관에 있는 헤세의 작품은 다 읽었습니다. "새는 알을 깨고 나온다. 알은 세계다. 태어나려는 자는 한 세계를 부수어야 한다."의 귀절로 만인에게 기억되는 「데미안」이 단순한 성장소설이 아니라, 페르소나가 아니라 자신의 트라우마나 콤플렉스 같은 그림자를 깨고 보듬고 싸매는 삶의 원리를 다루는 것이라는 것도, 그 배경에 융 심리학의 아니마, 아니무스, 그림자, 자아가 있다는 것도 그때 알았습니다. 「유리알 유희」를 읽으면서 우리가 아는 감각과 실용적인 세계 너머 지적 유희의 세계가 있고, 교육은 그 너머를 지향해야 한다는 것도 그때 배웠습니다. 마음의 병을 앓고 있던 저에게 많은 위안과 새로운 길을 제시해준 것은 「싯다르타」였습니다. 출가와 고행을 거쳐 세상을 두루 체험하고 돌아온 싯다르타는 뱃사공 바주데바의 조수가 됩니다. 그는 강물로부터 배우기로, 강물이 들려주는 말에 귀를 기울이기로 작정합니다. "강물은 흐르고 또 흐르며, 끊임없이 흐르지만, 언제나 거기에 존재하며, 언제 어느 때고 항상 동일한 것이면서도 매 순간마다 새롭다!"는 걸 단번에 깨닫습니다. "강은 많은 것을 가르쳐주었다. 강으로부터 쉴 새 없이 배웠다. 강으로부터 경청하는 법, 고요한 마음으로 기다리는 영혼, 활짝 열린 영혼으로 격정도 소원도 판단도 견해도 없이 귀 기울여 듣는 것을 배웠다."고 썼습니다. 총명과 오만을 내려놓고 더 따뜻하고 호기심과 더 많은 관심을 지닌 눈길로 세상과 사람들을 보게 됩니다. 강을 건너는 여행자들을 자신의 판단이 아니라 충동과 욕망에 의해서 지배받는 민초들의 삶 자체를 이해하게 됩니다. 싯다르타에게 이제 뱃사공은 단순한 직업이나 교통수단이 아니라 사람과 세계를 보는 방편이 됩니다. 강의 이쪽차안과 저쪽피안, 강의 의미를 사유하게 됩니다. 교육이라는 것도 어떤 의미에서는 아이들을 좀 더 나은 삶의 세계로 건네주는 하나의 방편이고, 뱃사공의 역할을 하는 교사의 삶과 사람에 대한 폭넓은 이해를 통해서 아이들은 세상과 사람에 대한 지혜와 안목을 기르게 됩니다. "지식은 전달할 수 있지만, 지혜는 전달할 수 없다. 지혜는 찾아낼 수 있고, 체험할 수 있고, 지니고 다닐 수도 있지만, 지혜를 말하고 가르칠 수 없다."고 합니다. 지혜와 안목眼目을 갖게 하는 것이 교육의 핵심입니다. 그러기 위해서는 강을 건너주는 행위에만 집중하지 말고 강의 이쪽과 저쪽을 살피고 선생님도 강물 소리를 들어야 합니다. 강상의 물결에 선생님의 내면을 돌아보아야 합니다. 선생님의 삶이 아이들의 강이 되어야 합니다. 교사로 살아오는 길이 어렵기만 했습니까? 아름답기도 하지 않았습니까? 헤세가 「데미안」에서 에바 부인을 통해서 우리에게 묻는 말입니다.

알고 보면 사실 헤르만 헤세는 시대와 불화한 당대의 이단아였습니다. 젊어서는 제도교육을 거부하고 독학으로 자기 세계를 세웠습니다. 두 차례의 세계대전을 겪으면서 반전주의자가 되었습니다. 시대의 흐름에 순응했던 당대의 다수 지식인과 달리 나치즘에 저항한 비주류 인사였습니다. 당시 서양 사람으로는 드물게 동양의 사상에 심취해 있었습니다. '자발적 왕따'스따가 되어 세상의 주류에 맞서고 자기 길을 개척해서 간 사람이었습니다.

꼭 헤세를 읽어서였겠습니까만, 저는 우울과 불면증에서 벗어났습니다. 그 후로 저는 탐비眈美의 문학이 아니라 구도求道의 문학을 하고 싶었습니다. 교사로서 '적응하는(사회화) 교육'이 아니라 '생각하는(개성화) 교육'을 하고 싶었습니다. 어쭙잖은 시를 쓰고 있지만, 자연과 사람의 일을 통해 구도자적인 삶의 원리를 찾아가고 싶었습니다. 「비통한 자의 정치학」의 파카 파머Parker J. Palmer의 말처럼 '마음이 부서져 흩어지는' 것이 아니라 '마음이 부서져 열리는' 체험을 하고 싶었습니다. 작년 1월에 랑탕 히말라야 트레킹을 갔을 때 헤르만 헤세의 시집 한 권만 가지고 갔습니다. 세상에서 참으로 멀리 떨어진 히말라야 산장의 난롯가에서 원래 온 곳으로 돌아가기를 발원하며 하루종일 옴마니반메훔 진언을 읊조리는 팔순의 노파 옆에 앉아 저는 헤세의 시를 읽었습니다. 그때의 잠은 달콤했고 히말라야의 하늘은 여여如如했으나, 불과 1년 반 전의 히말라야는 다시 꿀 수 없는 꿈 같은 아득한 세월이 되었습니다.

꽃은 모두 열매가 되려 하고/ 아침은 모두 저녁이 되려 한다/ 지상에 영원한 것은 없다/ 변화와 세월의 흐름이 있을 뿐// 아름다운 여름도 언젠가는 가을과 조락을 느끼려 한다/ 잎이여 끈기있게 조용히 참아라/ 불어오는 바람이 유혹하려 할 때// 너의 놀이를 놀기

만 하고/ 거스르지 말고 가만히 두라/ 너를 꺾어가는 바람에 실려/ 너의 집으로 날리어 가라//

　　- 헤르만 헤세, 「마른 잎」

얀테의 법칙

코펜하겐에서 호떡 장수 한국 청년을 만났습니다. 그분은 우리의 덴마크 학교 방문 가이드였는데, 대학원에서 교통공학을 공부하러 왔다 현지에 머무르게 되면서 생활 방편으로 호떡 장사를 하게되었다고 합니다. 복잡한 대도시 교통제어시스템을 연구하는 것이 그의 본래 목적이었는데, 코펜하겐에 와 보니, 환경부담 세금이 워낙 높아 차량을 소유하는 것 자체가 힘들어 사람들 대부분이 자전거를 타고 다니고, 도로가 한가하여 특별히 교통연구라고 할 것도 없었다고 합니다. 그분의 특별한 호떡 장사 이야기는 이미 우리 방송에도 소개된 바 있습니다. 지금은 한국 식당을 열어서 우리 음식을 판매하고 있는데, 틈틈이 관광 가이드 일도 하면서 직원 인건비를 보태고 있다고 합니다.

공부하러 온 사람을 현지에 주저앉힌 덴마크 사회의 묘한 분위기를 그에게서 전해 들었습니다. 여행이라는 것이 일상에서 잠시 일탈하는 것이다 보니 세상 어디 가든지 우리 사회와는 다른 모습과 공기를 느끼게 하지만, 덴마크 사람들이 사는 모양이 우리와는 영 딴판이었고, 우리보다 훨씬 덜 치열하게 살면서도 더 행복한 모습에 의문을 품었다고 합니다. 말하자면 유엔 행복지수 세계 1위

덴마크의 행복의 비밀을 더 알고 싶었다는 것이었습니다. 사실 우리도 오연호의 「우리도 행복할 수 있을까」를 읽고 덴마크 사람들의 행복에 영향을 미치는 교육제도를 탐구하는 것이 방문 목적이었기 때문에 그의 이야기에 솔깃하지 않을 수 없었습니다. 그때 들은 것이 '휘게'라는 그들의 독특한 생활문화였습니다. 휘게는 사랑하는 사람들이나, 또는 혼자서 보내는, 소박하고 아늑한 시간을 뜻하는 말로, 덴마크 사람들이 지향하는 여유롭고 소박한 삶의 방식 또는 태도를 압축하고 있는 말입니다. '소확행' 같은 것의 유래라고 할 수 있겠습니다. 다른 나라에서 어떤 것이 좋다고 하면 눈을 동그랗게 뜨고 관심을 보이는데, 사실 이런 것들을 단편적으로 보면 안 될 것이 그런 것들을 가능하게 다른 제도를 함께 보아야 하기 때문입니다. 휘게를 가능하게 하려면 세금 제도라든지 다른 제도가 뒷받침되어야 합니다. 덴마크를 비롯하여 북유럽은 우리가 상상할 수 없는 고율의 세금으로 운영되는 나라들입니다. 세금 말만 나오면 폭탄으로 몰고 가는 우리나라에서는 요원한 이야기입니다.

북유럽을 이해하는 데 도움이 되는 것이 하나 더 있습니다. 산데모세의 소설의 얀테 마을에서 지켜지는 10가지 법칙이 그것입니다. 당신이 특별하다고 생각하지 마라. 당신이 남들만큼 좋은 사람이라고 생각하지 마라. 당신이 남들보다 똑똑하다고 생각하지 마라. 당신이 남들보다 낫다고 생각하지 마라. 당신이 남들보다 많이 안다고 생각하지 마라. 당신이 남들보다 중요하다고 생각하지 마라. 당신이 모든 일을 잘한다고 생각하지 마라. 남들을 비웃지 마

라. 누군가 당신을 걱정하리라 생각하지 마라. 남들에게 무엇이든 가르칠 수 있으리라 생각하지 마라. 10가지 규칙을 들고 있지만, 한 마디로 요약하면 스스로 잘 났다, 특별하다고 생각하지 말고 다른 사람들과 서로 돕고 도움을 청하는 공동체적 삶을 살라는 뜻입니다. 이 '얀테의 법칙'은 소설적 창작이라기보다는 북유럽 사람들의 정신에 박혀 있는 일반적인 상식이라고 할 수 있습니다.

그러면 우리는 어떤가요? 우리 사회에서 '나'는 항상 특별한 존재이고, 존재이어야 하고, 또 그런 존재가 되어야 한다고 가정에서나 학교에서 주입합니다. 세상은 '나'를 중심으로 움직여야 합니다. '나'를 중심으로 가다가 망하는 것은 참을 수 있지만, '나' 없이 세상이 잘되는 것은 견딜 수 없어 합니다. 자존감이라는 이름으로, 자존심을 상하지 않기 위해서 행해지는 '나'의 과잉이 사회 도처에서 넘쳐납니다. 아이들이 자전거 타다 넘어져도, 공부하다 잘 안되어도, 어른들이 사업하다 망해도, '아프다', '힘들다' '슬프다'는 느낌 이전에 '쪽 팔린다'는 감정이 우선이고 이를 해결해주는 것이 먼저인 세상입니다. 똑똑한 개인, 즉 승자가 모든 것을 독식하는 것이 정의이고 공정이라고 생각합니다.

사회학자 정수복은 한국인의 심리와 문화를 근본적 문법과 파생적 문법으로 나누고, 근본적 문법으로, 현세적 물질주의, 감정우선주의, 가족주의, 연고주의, 권위주의, 갈등회피주의를, 그리고 파생적 문법으로 감상적 민족주의, 국가중심주의, 속도 지상주의, 근거 없는 낙관주의, 수단방법 중심주의, 이중규범주의를 들고 있는데,

제가 보기에는 이런 것들의 가장 밑바닥에는 '나'를 중심으로 세상을 파악하고, '나'의 생존과 성공을 위해서 다른 '나'와 주변을 무찌르고 경영하려는 전략이 짙게 깔려 있습니다. 많은 사람들이 '나'의 성공에 죽자 살자 매달리지만, 내 옆의 '나'의 안녕에는 전혀 신경을 쓰지 않습니다.

학교도 별반 다르지 않습니다. 학부모와 학생들은 '나'의 성공을 위해서 학교와 교육이 있다고 생각합니다. '나'의 성공이 없는 교육은 무의미합니다. 학교는 이미 학생·학부모의 사적 이해를 관철하기 위한 입시학원이지 나라의 시민을 양성하기 위한 공공기관이 아닙니다. 교사는 어떤가요? 교사에게도 '나'가 먼저입니다. 공공성의 원리가 지배하는 학교라면 수업을 교사의 개인적 권리라고 주장하며 수업 공개와 공동연구를 거부할 수 있을까요? 아직 우리는 교사의 인권과 직권職權도 구별하지 못하는 수준입니다. 교장들은 또 어떻습니까? 학교를 지휘해야 할 연대 또는 사단 같은 병력구조로 보고 있는 건 아닙니까? 교장실 문은 왜 항상 닫혀 있으며, 왜 학생들을 자주 만나지 않습니까? 제가 방문한 덴마크 학교의 교장실은 복도 벽이 유리로 되어 있어 밖에서 안을 다 들여다볼 수 있게 해놓았습니다. 학생들은 교장실 앞 유리 벽에 저희들이 하고 싶은 말들을 적어 놓습니다. 낙서와 잘 구분되지 않습니다. 학교의 은유도 엄격한 계서제階序制에서 느슨하게 결합된 이완구조 같은 것으로 바뀌어야 하지 않을까요?

옛날과 비교하면 참 많이 달라졌지만, 학교에는 아직 비장함과 엄숙주의 문화가 남아 있습니다. 교사와 학생의 두발은 어떠해야 하고 복장은 어떠해야 하며 사용하는 언어는 어떠해야 하는지 이러한 세세한 규정들이 남아 있습니다. 품위에 관련된 이런 규정들은 아마도 학교 밖에 있는 사람들을 의식하고 있는 것으로 보입니다만, 얀테의 법칙처럼, 밖에서 학교를 그리고 교사를 그렇게 특별하게 생각하는 사람은 많지 않습니다. 교장의 일도, 교사의 일도 하는 업무의 차이이지, 힘이나 높이의 차이가 아니라고 인식해야 합니다. 정말로 그들이 주목하는 것은 겉으로 보이는 우리 모습이 아니라, 교사가 마땅히 해야 할 일을 우리가 제대로 해내고 있는가 하는 것이 아닐까요? 스스로 '내가 정말 특별하다고, 남보다 좋은 사람이라고, 남보다 더 똑똑하다고, 남보다 더 낫다고, 남보다 많이 안다고, 남보다 중요하다고, 모든 일을 잘한다.'고 생각하지 말아야 합니다. 선생님은 아이들을 어리다고 가볍게 여기거나, 누군가 나서서 우리를 걱정하고 보호해 줄 거라고 생각하거나, 교사는 무엇이든지 남들을 가르칠 수 있는 존재라고 생각하시는 건 아니지요?

'나'를 중심에 두지 않으면, 삶을 승패 게임으로 생각하지 않으면, 전투적 자세를 버리고 삶을 너무 무겁게 생각하지 않는다면 우리 걸어가는 길이 좀 더 편안해질 것입니다. 옆 사람도 주변의 상황도 눈에 들어올 것입니다. 아무쪼록 학교에서 선생님들의 생활과 부담은 좀 더 가벼워지고, 생각은 좀 더 자유로워져서 하시는 교육의 깊이는 나날이 깊어 가면 좋겠습니다.

삶의 중심과 방편

　산다는 건 결국 신발을 끌고 여기저기/ 기웃거리는 일이라는 걸 이력서는 알고 있다/ 때로는 두렵고 때로는 놀란 마음으로/ 가난하고 어리석던 어두운 강을 건너/ 희끗희끗 빠진 머리의 초로初老가 되기까지/ 몇 켤레의 신발을 버리고 또 몇 켤레/ 새 신발을 사야 했는지는 알 수 없으나/ 얼마나 자주 땅바닥에 주저앉아/ 울고 싶었는지 신발들은 알고 있다// 꿈은 희망과 같은 뜻으로 시작했지만/ 더 자주 허무의 꽃으로 졌고/ 초록의 냄새를 맡고 길을 나섰지만 대개/ 희미한 빛으로 끝난 일이 얼마나 많았는지/ 남루한 내 신발들은 알고 있다/ 초목의 짙푸른 숨소리를 함께 들었으나/ 네 그르니 내 옳으니 하며 삿대질하던 동무들/ 하세월을 신발은 모두 지켜보았던 것이다// 꽃방석 꽃 잔디 널렸던 날도 더러 있었으나/ 불똥 끄듯 다급하던 시절이 더 많았고/ 마늘 싹이 난초 꽃대처럼 솟은 일도 있었으나/ 애장터 무더기 진달래는 더 오랫동안 피었고/ 미루나무 잎사귀 이슬방울 함께 맞으며 기댄/ 아름다운 사람들이 옆에 없지는 않았으나/ 부끄러워 감히 꺼낼 수 없는 치명적 사랑을/ 내 신발들은 모두 다 알고 있다// 걸러내고 걷어내도 쌓이는 앙금과/ 걸어도 달려도 닿을 수 없는 길의 중간에서/ 신발을 내

던지고 땅바닥에 주저앉아/ 울고 싶었던 시절의 터무니 없는 노래
를/이력履歷의 줄 사이에서도 다 말할 수 없었다

　- 전종호,「나의 이력서」

　신선들이 바둑 한판 하는 사이에 인생이 다 갔다더니, 신선은 고
사하고, 필부의 삶을 한 치도 벗어나지 못한 내게도 인생의 물길은
참 빨리 거칠게 지나갔습니다. 물론 도끼 썩는지도 모르게 지나간
세월은 아니었습니다. 물길에 휩쓸리기도 했고, 큰바람에 여기저
기 할퀴기도 했으나, 아내와 내 아이들, 가르치는 학생들과 가르치
는 일을 통해서 기쁨을 맛보며 그럭저럭 살아온 것 같습니다. 굳이
손익계산서를 뽑아본다면 그래도 남은 게 좀 있는 삶이 아니었을까
생각합니다.

　이제 인생의 가을쯤 왔을까, 평생의 삶터였던 학교를 벗어나 추
수의 계절을 맞으며 지나왔던 인생의 길을 돌아봅니다. 처음 교장
으로 부임하고 학생들을 교실에서 만났을 때 '삶의 중심과 방편'이
라는 제목으로 수업을 했습니다. 수업하기 전에 삶의 문제를 어떻
게 보고 아이들에게 어떻게 설명해야 할지를 먼저 고민했습니다.
아이들이 선택할 일과 직업을 주제로 정하고 어떤 자세로 살아야
하는 것이 좋은가를 설명하는 흔한 방식을 버리고, 우리가 살아가
면서 세워야 할 삶의 중심이 무엇인가, 이것을 실현하기 위해서 우
리가 선택할 삶의 방편이 무엇이고, 여기서 우리가 붙잡고 살아야
할 삶의 원칙이 무엇이어야 하는가를 제 살아온 이야기를 들어 말

하기로 했습니다.

무엇보다도 우리가 살아가야 갈 삶의 중심에 '존엄'의 원리가 있어야 한다고 생각했습니다. 감히 범할 수 없을 정도로 높고 엄숙한 것이 존엄이라면 존엄의 대상이 되어야 하는 것이 무엇일까요? 당연히 인간과 자연이겠지요? 그런데 지금까지 우리는 인간과 자연을 존엄한 존재로 보고 살았을까요? 다른 사람과 지구를 비롯한 자연을 이용과 지배의 대상으로 보고 살아온 건 아닌가요? 심지어 나 자신까지 이용의 대상으로 생각해서 '지금, 여기, 나'의 행복을 존중하지 않고, 능력 활용의 극대화와 능력의 자본적 환산 가치를 위해 현재의 행복을 자꾸 미래로 미루어 놓고 살아온 건 아닐까요? 인간의 현재의 소소한 것들, 나무 병에 우유를 담는 일, 꼿꼿하고 살갗을 찌르는 밀 이삭들을 따는 일, 암소들을 신선한 오리나무들 옆에서 떠나지 않게 하는 일, 숲의 자작나무를 베는 일, 경쾌하게 흘러가는 시내 옆에서 버들가지를 꼬는 일, 어두운 벽난로와, 잠든 티티새와, 즐겁게 노는 어린 아이들 옆에서 낡은 구두를 수선하는 일 등등, 프랑시스 잠의 시에서처럼 인간의 작은 일들을 위대한 것으로 생각하고 살았나요? 자연 착취의 필연적 결과로 등장한 코로나 팬데믹 현상을 앞에 두고도, 우리 눈 앞에서 펼쳐지는 주식, 부동산, 코인 투자 열풍의 머니게임은 어떻게 해석해야 하나요?

사람마다 삶의 방편으로 삼는 것은 다양합니다. 여러 가지의 직업과 취미활동이 있습니다. 제가 삶의 방편으로 삼은 것은 교육, 걷기 여행, 글쓰기였습니다. 가르치는 일은 저의 직업입니다. 우리는 직업을 통해 밥을 벌고 보람을 느낍니다. 아무리 보람이 있어도 밥이 되지 않는 일을 지속적으로 하기는 어렵습니다. 반대로 아무리 돈 때문이라고 하더라도 보람이 없는 일을 평생 하고 살기는 쉽지 않습니다. 그래서 가능하면 끼니와 보람을 동시에 적절하게 해결하는 직업을 선택하는 것이 좋습니다. 그렇다고 사람은 직업만 가지고 살기는 어렵습니다. 무언가 삶의 탈출구가 필요합니다. 그래서 운동을 하기도 하고 여행을 하기도 하고 기타 여러 가지 활동을 하며 살아갑니다. 어느 것이 더 좋다고 할 수는 없습니다. 저는 어렸을 때 시골에 살았고 당시에는 별다른 교통수단이 없었기 때문에 걷는 것에 익숙합니다. 그렇다고 걷는 것이 취미생활이 될 리는 없었지만, 살다 보니 이리저리 어려움이 생기고 위기가 닥치고 허무감이나 우울증 같은 질병이 생기면서 본격적으로 산에 오르고 도보 여행을 하게 되었습니다. 100대 명산이나 백두대간에 도전해 보기도 하고 전국의 유명한 둘레길을 걷기도 하고 히말라야 트레킹의 길 위에 서보기도 했습니다. 걷는 일은 마음의 심란함과 우울증을 떨쳐내는 데 도움이 되기도 했지만, 오랫동안 접어 두었던 생각과 글쓰기의 길로 다시 돌아오게 했습니다. 전국을 주유하고, 외씨버선길을 걷고 제주와 울릉도를 걸으면서 시를 썼습니다. 전기도 없고 전파도 없는 고요의 바다 히말라야의 산중에서 헤드랜턴을 켜고 떠오르는 생각들을 시로 정리했습니다. 시 쓰기는 단순히 언어의 기술이 아니라 나의 전면에 나를 세우는 일, 즉 나는 누구인가, 나의 정체성을 확인하는 일이었습니다. 요즘에는 수첩이 없어도 핸드폰

메모장에 일기 쓰기, 그날그날에 일어난 일을 쓰는 것, 떠오르는 생각을 써두는 일, 읽은 책의 중요한 글귀를 쓰는 일이 가능합니다. 이런 것들이 습관이 되게 하는 것이 중요합니다.

사는 일에 어디 중요하지 않은 게 있겠습니까만, 무엇보다도 삶의 태도가 중요합니다. 태도가 바로 능력입니다. 농사일에 비약이 없듯, 인생에 비약은 없습니다. 씨 뿌릴 때 씨를 뿌려야 하고 김맬 때 김을 매줘야 추수할 수 있듯이, 우리 인생 단계마다 해야 할 일을 놓치지 않고 해야 합니다. 고맙게도 교장의 수업을 학생들이 잘 들어주었습니다.

이제 선생님께도 똑같이 묻습니다. 선생님의 삶의 중심은 무엇이고 선생님의 삶의 방편은 무엇입니까? 누구에게나 똑같을 필요는 없지만, 선생님 나름의 삶의 중심과 방편을 가질 필요가 있습니다. 고요의 바다에서 자신을 직면시키고 선생님 자신의 진면목을 들여다보시기 바랍니다. 선생님의 '얼굴'을 확인하고 선생님만의 길을 무소의 뿔처럼 거침없이 가시기 바랍니다. 저 같은 사람의 굴곡진 삶을 밟고 선생님의 길, 꿋꿋이 걸어가시기를 빌겠습니다.